KB188687

고양이 식당,
사랑을 요리합니다

Original Japanese title: CHIBINEKOTEI NO OMOIDEGOHAN: Kijitoraneko to
Nanoha nazukushi
Text © Yuta Takahashi 2021
Original Japanese edition published by Kobunsha Co., Ltd.
Korean translation rights arranged with Kobunsha Co., Ltd.
through The English Agency (Japan) Ltd. and Danny Hong Agency

고양이 식당, 사랑을 요리합니다

다카하시 유타 지음 윤은혜 옮김

차 례

고양이 식당,
사랑을 요리합니다

첫 번째 사랑

회색 고양이와

비파잼

기미쓰 시민 교류 축제

기미쓰 역 남쪽 출구 앞 도로 일대에서 음악 이벤트 등 다양한 행사가 개최된다. 주변 도로는 보행자 천국이 되어 많은 노점이 문을 연다. 매년 밤늦게까지 많은 인파가 모여들어 성황을 이루는 기미쓰 지역의 전통 축제이다.

해가 질 무렵부터 밤까지 진행되는 '이야사카 오도리''와 더불어 축제는 최고조에 달한다.[**]

* '이야사카'는 번영, '오도리'는 춤이라는 뜻으로, 마을의 번영을 기원하는 의미를 담고 있다. 나이나 소속에 상관없이 누구나 참여 가능하며, 매년 2,000명 이상의 시민이 함께 모여 춤추며 축제의 마지막을 장식하는 행사다.

** 출처: 기미쓰시 경제진흥과(관광진흥 담당) 홈페이지

나는 대체 언제가 되어야 어른이라 할 수 있을까?

다마루 히마리는 종종 그런 생각을 한다. 법률상의 기준을 말하는 것이 아니다. 히마리는 이미 22세이므로 법적으로는 성인이라는 것을 알고 있다.

운전면허증도 있고, 착실하게 일도 하고 있고, 결혼도 했다. 물론 선거권도 있다. 누가 봐도 어엿한 성인인데도, 그렇다는 자각이 들지 않았다. 성인식 때도 느꼈지만, 어른 흉내만 내고 있다는 기분이 지금까지도 떠나질 않는다.

그런 기분이 드는 데는 학창 시절의 친구와 결혼한 것도 관계가 있는 것 같다. 히마리의 남편인 다마루 다모쓰는 고등학교 시절 같은 반이었던 친구다.

처음에는 그냥 친한 친구 중 한 명이었다. 그러다 고백을 받고 사귀기 시작해서, 스무 살 생일에 프러포즈를 받고 부부가 되었다. 둘에게는 자연스러운 흐름이었지만, 주변 사람들은 많이들 놀랐다.

"속도위반이야?"

결혼 소식을 알렸을 때 부모에게도, 친구에게도 그런 말을 들었다. 임신해서 결혼하는 게 틀림없다고 멋대로 단정 짓는 사람도 있었다. 다모쓰도 회사의 동료와 상사에게 짓궂은 말을 제법 들었다고 했다. 늦게 결혼하는 풍조가 대세가 되어가고 있는 요즘 세상에, 스무 살에 결혼을 한다니 꽤나 희한하게 보이는 모양이다.

반대까지는 하지 않았지만, 히마리의 부모님도 당황스러워했다. 결혼하겠다고 말씀 드리자 이렇게 말씀하셨다.

"이제 겨우 스무 살인데 그렇게 급하게 결혼할 필요가 뭐 있니? 좀 더 연애 감정을 즐기는 게 좋지 않을까?"

"결혼해서도 연애 감정을 갖고 살면 되잖아."

히마리는 그렇게 대답했다. 20세가 되면 부모님의 동의 없이도 결혼할 수 있고, 게다가 2022년 4월부터는

18세로 제한 연령이 더 내려간다. 이미 스무 살인 히마리가 결혼하는 데는 아무런 문제도 없다.

물론 임신을 하지도 않았고, 특별한 사정이 있는 것도 아니다. 다모쓰의 부모님이 일찍 돌아가신 것과는 관계가 약간 있는 것 같기도 하지만, 건재하셨다고 해도 결혼했을 거라고 생각한다. 히마리도, 다모쓰도 결혼을 하고 싶은 마음이 강했다. 빨리 가정을 이루고 싶었다.

부부가 된 지 2년, 아직 아이는 없고 경제적으로는 나름대로 여유가 있다. 다모쓰는 건설회사에 근무하고 있고, 히마리는 지바현 기사라즈시 시청에서 공무원으로 일하고 있다.

부모님과는 따로 살면서 반려동물 허용 맨션에서 고양이를 한 마리 키우고 있다. 회색 털을 가진 잡종 고양이로, 다모쓰가 건설 현장에서 주워 왔다. 종이 상자에 담겨서 주차장에 버려져 있었다고 한다.

처음 데려왔을 때부터 사람을 잘 따른 것으로 보아 버려진 지 얼마 되지 않았던 모양이다. 다모쓰는 몹시 분개했다.

"고양이를 버리는 사람들은 다 잡아갔으면 좋겠어!"

그렇게 해서 우리 집에 오게 되었다. 고양이에게 있어서는 새로운 환경이었으므로 다모쓰가 타이르듯이 말을 걸었다.

"'코코'*가 너희 집이야."

그러자 고양이가 즉시 반응했다.

"냐아앙."

자기 이름을 듣고 대답하는 것 같은 울음소리였기 때문에 히마리는 고양이에게 '코코'라는 이름을 붙여주었다. 고양이에게는 흔한 이름인지도 모르지만, 마음에 들었다. 어딘지 모르게 세련된 느낌이고, 외국 태생의 고양이 같기도 하다.

"좋은 사람이 주워서 다행이다."

히마리는 코코에게 말했다. 진심이었다. 다모쓰는 다정한 성격의 소유자이다. 살뜰하기도 했다. 맞벌이라서 집안일을 분담하고 있는데, 다모쓰가 하는 일이 더 많았다.

* 일본어로 '여기'라는 뜻이다.

예를 들면 아침에 일찍 일어나기 힘들어하는 히마리를 위해서 아침 식사를 차려주고, 출근할 때 가져가는 도시락도 매일 만들어준다.

"항상 고마워."

히마리가 말하면 다모쓰는 진지하게 대답했다.

"남자든 여자든 요리를 잘하면 인기가 많으니까."

"어머, 인기가 많았으면 싫은가 봐?"

"응. 히마리와 코코에게 인기가 많았으면 좋겠어."

"나는 그렇다 치고, 코코는 어떨까?"

"냐아."

코코가 타이밍 좋게 울어서, 히마리와 다모쓰도 함께 웃었다. 고양이가 오고부터 웃을 일이 더 많아진 것 같다.

이렇게 사이좋게 살고 있지만, 당연히 싸울 때도 있다. 대부분 잘못한 사람은 히마리 쪽이다. 그날도 그랬다.

12월의 어느 날, 둘은 크게 말다툼을 했다. 아니, 거짓말은 하지 말자. 다툼이 아니라 히마리가 일방적으로 화를 냈다.

말다툼의 원인은 흔한 것이었다. 이번 주 토요일에 함께 쇼핑을 가기로 약속했는데, 다모쓰에게 갑자기 일이 생겨서 갈 수 없게 되었다. "도저히 빠질 수 없는 일이야" 라고 다모쓰는 말했지만, 이렇게 당일이 되어서 약속을 어긴 적이 한두 번이 아니다.

"진짜 너무해. 어떻게 그럴 수가 있어?"

"미안해. 정말 미안!"

다모쓰는 진심으로 사과했지만 히마리는 받아주지 않았다. 기분이 풀리지 않았던 것이다.

"약속을 어기다니 실망이야."

지난달부터 기대하고 있었던 약속이다. 조금 이르지만 크리스마스를 맞아 쇼핑을 할 생각이었다. 그런데 허무하게 약속이 사라져 버렸다.

"다음에 꼭 같이 가자."

"다음에 언제?"

"어, 그러니까……."

"연말까지 계속 바쁘잖아?"

히마리의 질문에 다모쓰는 말이 없었다. 휴일이 서로 어긋나는 것은 맞벌이 부부의 숙명이다. 지방 공무원과 건설회사 직원은 쉬는 날이 다르다. 히마리는 토요일과 일요일에 쉬지만, 다모쓰는 교대 근무를 하기 때문에 주

말에 바쁠 때가 많다.

"다음에 언제라고 말도 못하면서, 책임지지 못할 소리만 하고! 그렇게 적당히 둘러대면 내가 그냥 넘어갈 줄 알아?"

"적당히 둘러대는 거 아니야."

다모쓰가 지겹다는 표정을 지었다.

"일이니까 어쩔 수 없잖아."

"뭐야, 그 말투는? 당신 혼자 일해? 공무원 정도는 일도 아니라는 거야?"

"내가 언제 그랬어."

"그 말이 그런 뜻이지 뭐야!"

다투다 보니 화가 나서 심한 말을 해버렸지만, 다모쓰의 사정은 히마리도 알고 있다.

다모쓰가 근무하는 곳은 작은 건설회사다. 원래도 사원 수가 적은 데다가 올해는 신입사원을 채용하지 않았다고 한다. 남편은 말단이다. 어느 회사든 말단 직원이 여러 가지 일을 떠맡기 마련인 데다가 안 그래도 12월은 바쁜 시기다.

사실은 다 알고 있었다. 그렇게 잘 알면서도 히마리는

참지 못했다. 불만을 쏟아내지 않고는 견딜 수가 없었다.
결국에는 최악의 대사까지 하고야 말았다.

"그렇게 일이 좋으면 결혼은 왜 했어?"

……최악이다.

스스로도 그렇게 생각했다. 스물두 살은 아직 어린애
다. 잘못했다고 생각하면서도 고집을 부리고 마는 어린
애. 미안하다고 사과하지도 못한다.

"난 이제 잘 거야."

히마리는 얼른 이불을 뒤집어썼다.

"맘대로 해."

다모쓰의 목소리가 들렸다. 히마리는 대답도 하지 않
고 그대로 잠들어 버렸다.

그리고 아침이 되었다. 놀러 갈 예정이었던 토요일이다.

다모쓰는 화가 나면 말이 없어진다. 계속 토라져 있는
히마리에게 질렸는지도 모른다. 아침 식사는 평소처럼
만들어주었지만, 자기는 먹지도 않고 현관을 나서려고
했다.

비꼬는 거라고 생각했다. 다모쓰의 태도에 짜증이 치
밀었다. 그래서 굳이 할 필요 없는 말을 또 해버리고 말왔다.

"이 바보야, 죽어버려!"

남편의 움직임이 멈췄다. 하지만 그것도 한순간뿐, 아무 일 없다는 듯이 집을 나섰다.

마지막까지 한마디도 하지 않은 채.

"정말 너무하지 않니?"

다모쓰가 나간 뒤, 히마리는 코코에게 괜한 푸념을 늘어놓았다. 그러나 고양이 코코는 대답이 없다. 아침 밥을 먹는 데 정신이 팔려서, 이쪽을 보려고도 하지 않았다.

고양이는 사람의 마음을 진정시켜준다. 밥을 먹는 코코를 보고 있는 동안 울컥했던 마음이 진정되기 시작했다.

"너무한 건 내 쪽이지……."

이제 와서 이렇게 중얼거렸다. 사실 처음부터 알고 있었다. 다모쓰가 원해서 약속을 깼을 리 없다. 연말에 급한 일이 들어오는 것은 매년 있는 일이다.

게다가 가족이라면 바쁜 일이 있을 때 도움이 되어야 마땅하다. 아침 식사와 도시락을 만들어주고, 하소연을 들어주기도 하는 등 히마리 역시 다모쓰에게 도움을 받고 있다.

싸우는 것은 어쩔 수 없더라도, 다음날 아침까지 그런 태도를 취해서는 안 되는 거였다. 적어도 다모쓰가 출근하기 전에는 화해를 했어야 했다.

"나도 참, 이러면 안 되는데."

"냐아옹."

이번에는 코코가 대답해 주었다. 코코는 아침 밥을 다 먹고는 앞발을 할짝할짝 핥고 있다. 만족했을 때의 버릇이다. 고양이는 행복한 얼굴을 하고 있다.

그 얼굴을 몇 초간 바라보다가, 히마리는 코코에게 물었다.

"사과하는 게 좋겠지?"

"냐앙."

코코는 한 번 더 대답해 주었지만, 그 이상 이야기를 들어줄 생각은 없는지 좋아하는 방석 위에 자리를 잡고 잠들어 버렸다.

그 다음은 스스로 생각해 보라고 말하는 것 같았다.

아니, 생각할 것도 없는 일이다.

"미안하다고 하자."

내가 잘못했으니까, 미안하다고 하자. 진심으로 사과하자. 크리스마스 쇼핑은 못 하게 되었지만, 연말연시의 휴가는 둘이서 보낼 수 있다. 쇼핑은 그때 하면 된다.

"다모쓰, 미안해."

사과하는 연습을 해보았다. 그러자 기분이 조금 가벼워졌다. 이렇게 쉽게 기분이 가벼워지는 걸, 어제 바로 사과했으면 좋았을 텐데.

가만히 기다리기가 힘들어져서 스마트폰을 보았다. 정오가 조금 지난 참이었다. 휴일 출근이니까 일찌감치 퇴근할 가능성도 없지는 않지만, 지금까지의 패턴을 보건대 평소와 비슷한 시간에 돌아올 것이다. 그러니까 다모쓰가 돌아오는 것은 빨라도 저녁 나절일 것이다.

"좋아. 장을 보러 가자."

저녁 식사 재료를 사러 가려는 것이다. 맛있는 음식을 만들어서, 남편에게 사과하기로 마음먹었다.

— 먹을 걸로 무마하려고 그러지?

다모쓰라면 분명 그렇게 말하며 용서해 줄 것이다. 진심으로 사과하면 용서해 주는 사람이다. 지금까지 그랬듯이.

무엇을 만들지는 이미 생각해 두었다. 수제 식빵을 구울 것이다. 버터를 듬뿍 넣은 식빵은 다모쓰가 무척 좋아하는 음식이다. 결혼하기 전부터도 여러 번 만들어주었다.

매일 먹고 싶을 정도라고 다모쓰는 말했지만, 히마리가 만드는 식빵은 칼로리가 높다. 요즘 들어 둘 다 살이 조금씩 찌고 있어서 자제하고 있었다.

"가끔은 괜찮잖아."

누구에게랄 것도 없이 혼자 중얼거렸을 뿐인데도 조금 더 기분이 가벼워졌다. 아직 사과는 하지도 않았는데, 벌써 다모쓰와 화해한 기분이 들었다.

마음먹은 김에 얼른 나가자. 빨리 장을 봐와서, 서둘러 요리를 만들자. 히마리는 벌떡 일어서서 지갑과 코트를 챙겨 들었다. 스마트폰도 잊지 않았다. 열쇠는 현관 앞에 있다. 쿨쿨 소리 내며 잠들어 있는 코코에게 말을 걸었다.

"그럼 갔다 올게. 집 잘 보고 있어."

대답은 없었지만, 신경 쓰지 않고 히마리는 집을 나섰다. 바깥 공기는 살짝 쌀쌀했다.

기사라즈시는 지바현 내에서도 도쿄만에 접해 있다.

대도시는 아니지만 살기에는 편리한 지역이다. 전철을 타면 도쿄역까지 갈아타지 않고 한 번에 갈 수 있고, 고속버스를 타도 1시간이면 도쿄역의 야에스 방면 출구 앞 터미널에 도착한다. 디즈니랜드를 가기에도 제법 편하다.

점수가 높은 것은 교통편만이 아니다. 일상적인 쇼핑의 편의성에서도 일본에서 손꼽힐 정도가 아닐까? 매장 수가 일본에서 가장 많다는 대규모 아울렛몰 '미쓰이 아울렛파크 기사라즈'가 있는 덕분이다. 저렴한 것부터 해외 특산물까지 다양한 식재료를 구입할 수 있다. 이날도 그곳에서 밀가루와 버터, 과일 등을 샀다.

혼자서 여기 올 때는 카페에서 크레이프를 먹곤 하지만, 오늘은 마음이 급했다. 그래도 배가 고팠기 때문에 테이크아웃으로 사서 걸어가면서 먹었다. 히마리의 점심 식사다.

집에 돌아오자 낮잠에서 깬 코코가 현관에 있었다. 히마리를 마중하러 온 모양이다.

"다녀왔어."

"냐앙."

역시 이 아이는 귀엽다.

"그이는 아직 안 왔지?"

뻔히 아는 사실을 고양이에게 물어보면서 신발장을 확인했다. 다모쓰의 구두는 없었다. 아직 돌아오지 않았다.

"그럼 바로 만들어볼까나?"

장난스러운 말투로 선언을 하고는 부엌으로 들어갔다. 그리고 식빵과 잼, 클램차우더를 만들기 시작했다.

코코가 따라 들어왔지만, 인간의 음식에는 흥미가 없는 모양이다. 부엌 의자에 뛰어올라서 창밖을 보고 있다. 이미 해가 저물기 시작해 어느새 저녁 무렵이 되어가고 있었다.

겨울은 해가 짧다. 식빵은 만드는 데 시간이 걸린다. 다 구워졌을 즈음에는 이미 어둠이 깔리기 시작했다.

이제 슬슬 돌아올 때가 되었는데, 다모쓰는 아직 소식이 없다. 요리를 만들면서도 스마트폰에 촉각을 곤두세웠는데, 문자도, 메시지도, 전화도 없었다.

휴일 출근만이 아니라 잔업까지 받은 걸까?

그런 경우도 있을 법하지만 그렇다면 연락을 했을 것

이다. 싸웠다고 해서, 아무 연락도 없이 늦을 사람은 아니다.

"메시지를 보내볼까?"

들을 사람은 없지만 혼자 이렇게 중얼거린 순간이었다. 대답이라도 하듯이 스마트폰이 울리기 시작했다. 전화다.

다모쓰가 걸었을 거라고 생각했지만, 아니었다. 화면에는 모르는 번호가 표시되어 있다.

스팸 전화나 보험 등의 광고 전화도 자주 오니까 평소라면 무시했을 테지만, 이때는 왠지 전화를 받아야겠다는 생각이 들었다. 여자의 육감이라고 할 정도까지는 아니다. 남편이 집에 오지 않고 있으니, 누구나 그렇게 행동할 것이다. 표시된 전화번호는 끝자리가 0110이었다.

"네, 여보세요."

"기사라즈 경찰서입니다⋯⋯."

전화 저편에서 한 남자가 이름을 말했다. 히마리는 경찰서의 전화번호는 끝자리가 모두 0110으로 통일되어 있다고 들었던 것을 떠올렸다. 심장이 쿵쾅거렸다.

"다마루 다모쓰 씨 댁 맞습니까?"

"네…… 그런데요."

두려운 마음으로 "아내 히마리입니다." 하고 이름을
밝혔다.

이때의 대화는 기억이 흐릿하다. 뭐라고 했는지는 잊
어버렸지만, 내용만은 기억하고 있다.

……다모쓰가 병원에 실려 갔다.

실업, 교통사고, 지진, 화재, 태풍, 회사 도산, 감염병,
도난, 행방불명, 보이스피싱.

시청 창구에서 근무하다 보면, 여러 가지 상담을 하게
된다. 경찰서로 가야 하는 일 아닌가 싶은 상담을 하게
되는 경우도 많다.

매일같이 도움을 청하는 사람들이 찾아온다. 세상에
는 불행이 넘쳐난다. 갑작스러운 죽음 정도는 놀랍지도
않은 일이다.

하지만 그 불행이 자신에게 일어날 거라고는 생각도
못했다. 다모쓰의 부모님이 일찍 돌아가셨음에도 불구
하고, 마음 어딘가에서 우리만은 괜찮을 거라고 믿고 있
었다. 영원히 상담을 해주는 쪽에 있을 거라고, 상담을

받으러 가는 쪽이 되지는 않을 거라고 말이다. 평범하지만 행복한 삶이 계속 이어질 거라고 믿었다.

근거 없는 전망은 한 통의 전화로 산산조각이 났다. 히마리는 입고 있던 옷 그대로 택시를 잡아타고 병원으로 향했다. 하지만 너무 늦었다.

도착했을 때 다모쓰는 숨을 쉬고 있지 않았다.

이미 죽어 있었다.

기다리고 있던 의사와 경찰관이 경위를 설명해 주었다. 사고였다고 한다. 다모쓰가 언덕길에 서 있는데 자전거가 빠른 속도로 달려들었고 남편과 부딪혔다. 부딪힌 위치가 문제였던 모양이다. 머리를 부딪혀서 사망에 이르게 되었다. 남편이 서 있던 곳은 인도였다.

"자전거 사고는 꽤 흔합니다."

교통사고 건수 전체에서 자전거 사고가 차지하는 비율이 절대 낮지 않다. 그 증거로 자전거 보험 가입 의무화가 각 지역에서 진행되고 있다. 시청에 근무하고 있는 히마리도 알고 있는 내용이지만, 그런 정보는 아무런 위로가 되지 않았다.

"어쩌다가……."

"가해자는 서두르고 있었다고 합니다."

경찰관이 바로 말해주었다. 그렇게 빨리 자전거를 몬 이유를 물었다고 생각한 모양이다.

"모친의 건강 상태가 좋지 않아서 서둘러 돌아가던 길 이었다고 하더군요."

뭐라고 대답해야 좋을지 알 수가 없었다. 내가 무슨 말을 들었는지조차도 이해가 잘 되지 않았다.

"이 사람을 아십니까?"

경찰관이 태블릿으로 사진을 보여주었다. 40대 정도 로 보이는 머리가 벗겨지기 시작한 어두운 안색의 남자 가 찍혀 있었다.

"아니요……."

히마리는 고개를 가로저었다. 한 번도 본 적이 없는 남자였다. 경찰관이 이름을 말했지만, 역시 모르는 이름 이다.

이름도 성도 들어본 적 없다. 남편은, 모르는 남자에게 살해당한 것이다.

가해자의 어머니가 사죄하고 싶다는 말을 전해왔다.

상대방의 변호사를 통해서 연락을 받았다. 히마리의 스마트폰으로 전화가 걸려 왔다.

"모자 단 둘뿐인 가정에서 자라면서, 피의자는 어려서부터 많은 어려움을 겪었고……."

물어보지도 않았는데 그런 이야기를 늘어놓는다. 멋대로 설명을 시작했다. 어머니가 병에 걸리는 바람에 그 치료비를 벌기 위해서 필사적으로 일하고 있었다고 한다. 남자는 결혼도 하지 않았고, 몸 상태가 안 좋은 어머니를 걱정해서 서둘러 집에 가는 길이었다고 한다.

안타깝다는 생각은 들지 않았다. 뭔가를 생각할 기력이 없었다. 그래서 히마리는 대답도 하지 않고, 전화를 끊었다.

사고가 일어나고부터 계속 범인을 미워하려고 애썼다. 죽여버리고 싶다고 생각하려 했다.

하지만 불가능했다.

머릿속에 있는 것은 자신이 다모쓰에게 한 말뿐이었다.

이 바보야, 죽어버려!

그때의 상황이 반복해서 떠올랐다. 남편을 저주하는 자신의 목소리가 들려왔다. 딱 한 번 말했을 뿐인데, 몇 번이고, 몇 번이고, 몇 번이고 반복해서 들려왔다.

그것이 다모쓰에게 했던 마지막 말이었다. 취소하고 싶지만, 시간은 되돌릴 수 없다. 사과하려 해도 그이는 이미 이 세상에 없다. 이제 만날 수 없다. 영원히 만나지 못한다. 죽은 사람은 이제 돌아오지 않는다.

그 사실이 슬퍼서 또 눈물이 났다. 큰 소리로 운다고 이제 아무도 신경 쓰지 않는데도, 히마리는 베개에 얼굴을 파묻고 소리 죽여 울었다. 아무리 울어도 눈물은 마를 줄을 몰랐다.

다음 날, 다모쓰의 물건을 가져가라고 경찰서에서 연락이 왔다.

부모님에게 부탁할까 생각했지만, 남편의 유품을 수습하는 것은 아내의 역할이다.

"갔다 올게."

코코에게 말을 걸고 집을 나섰다. 고양이는 잠들어 있어서 대답하지 않았다.

어디에도 들르지 않고, 택시를 타고 기사라즈 경찰서

로 갔다. 짐을 받아 들고 확인하는데, 다모쓰의 스마트폰이 있었다. 아직 보내지 않은 문자가 임시보관함에 남아 있었다. 히마리에게 보내려던 것이다.

거기에는 한마디만이 남아 있었다.

미안.

다모쓰는 히마리에게 사과하려 하고 있었다.

작성된 시간을 보자 사고를 당하기 직전에 저장된 것이었다. 히마리에게 보낼까 말까 고민하고 있을 때 자전거가 달려들었는지도 모른다. 분명 그럴 것이다.

다모쓰는 착실한 성격이다. 걸어가면서 스마트폰을 만지는 사람이 아니다. 멈춰 서서 글자를 입력하는 다모쓰의 모습이 눈에 선했다.

히마리에게 문자를 보내려고 하지 않았다면, 그 자리에 있지 않았을 것이다. 언덕길을 벌써 지나쳤을 것이다. 그러면 다모쓰가 죽을 일도 없었다.

내 탓이야. 내 탓이야. 내 탓이야…….

예상은 점점 확신이 되었다. 쓸데없이 화를 내서 사랑

하는 남편 다모쓰를 죽게 만들었다. 눈물과 오열이 흘러
나왔다.

이때 히마리는 아직 경찰서에 있었고, 옆에는 경찰관
이 있었다. 눈물을 참아보려 했지만, 불가능했다.

벌써 몇 년이나 눈물 참는 법을 잊고 살아왔다. 슬픈
일이나 기분 나쁜 일이 생겨도 다모쓰가 옆에 있어주면
그걸로 충분했다. 다모쓰가 히마리의 이야기를 듣고 위
로해 주었다. 히마리는 그저 남편 품에서 울기만 하면 되
었다.

품에 안길 사람을 잃은 히마리는 소리 내어 울었다.
제대로 나오지도 않는 목소리로 주인을 잃은 스마트폰
에 사과했다.

"미안해, 미안해……."

몇 번이고, 몇 번이고, 몇 번이고, 목소리가 더 이상 나
오지 않을 때까지 반복했다.

경찰관은 아무 말 없이 히마리의 곁에 서 있었다.

― 한동안 집에 와 있지 그러니.

부모님이 말씀하셨지만, 히마리는 거절했다. 아무와

도 이야기하고 싶지 않았다.

직장은 한동안 쉬기로 했다. 일단은 상조 휴가와 유급 휴가를 받기로 되어 있지만, 직장에 돌아갈지는 확신이 서지 않았다. 이대로 일을 그만두게 될지도 모르겠다는 생각이 들기도 했다.

그이가 없어진 뒤의 나날은 빛이 없는 긴 터널 속에 갇힌 것만 같았다. 언제 터널이 끝나는지도, 출구가 있기는 한지도, 그 이전에 자신이 출구를 바라고 있는지조차도 모르겠는 상태다.

히마리는 계속 집에 틀어박혀 지냈다. 코코와 둘이서 꼼짝도 하지 않았다. 쓰레기를 버리러 갈 때 외에는 집 안에서 한 발짝도 나가지 않았다. 살 것이 있으면 인터넷으로 구입하고, 식료품은 마트의 배달 서비스를 이용했다. 사실 식욕도 없었다.

하지만 생각조차 하지 않았던 것은 아니다. 다모쓰에게는 부모님도 형제도 없으니 그이의 명복을 비는 것은 온전히 자신의 역할이라고 생각했다.

하지만 절에 가서 공양을 부탁하는 것 말고 다모쓰를 위해 무엇을 더 하면 좋을지를 알 수가 없었다. 성묘 말고 또 뭐가 있을까?

컴퓨터를 켜서 인터넷으로 검색해 보았더니 '가게젠'이라는 단어가 나왔다. 오랫동안 부재중인 사람이 무사하기를 기원하며 가족들이 차리는 식사를 뜻한다. 절에서 재를 지낼 때 고인을 위해 준비하는 식사를 그렇게 부르는 경우도 있다. 히마리의 눈에 들어온 것은 후자였다. 죽은 이를 위해 요리를 만드는 것.

그거라면 나도 할 수 있다. 어떤 요리를 만들면 공양이 되는지 히마리는 다시 검색을 했다.

많은 사이트가 있었다. 스님이나 장의 회사의 사이트가 있는가 하면, 개인 블로그도 있고, 요리 전문가의 홈페이지도 나왔다. 수상쩍은 업자의 사이트도 있었다.

무엇부터 볼까 생각하고 있는데, 코코가 다가왔다. 히마리 쪽을 향해 종종걸음으로 다가온다.

"왜? 무슨 일 있어?"

"냐앙."

대답이라도 하듯이 울고는 책상 위로 뛰어올랐다. 그리고 컴퓨터 키보드를 앞발로 눌렀다.

"그러면 안 돼."

당황해서 주의를 주었다. 코코가 장난을 치는 것은 드문 일이다. 특히 지금까지는 컴퓨터에 흥미를 보인 적이 없었다.

"만지는 거 아니야."

"냐아."

주의를 주자 순순히 대답했다. 그리고 키보드를 한 번 눌러본 것으로 만족했는지, 다시 냐앙 하고 울고는 방구석으로 돌아가 버렸다. 큰일 하나 끝냈다는 얼굴로 몸을 웅크리고 있다.

"갑자기 왜 그랬니?"

물어보아도 고양이는 대답이 없다. 잠이 들었는지, 벌써 눈을 감고 있다.

"왜 저러나 몰라."

히마리는 한숨을 쉬고는 화면으로 눈을 돌렸다. 화면이 바뀌어 있었다. 코코가 키보드를 눌렀을 때 클릭되어 버린 것이다.

화면에는 개인 블로그가 표시되어 있다. 조금 특이한 이름의 블로그다. 블로그의 이름이 분필로 쓴 듯한 귀여운 글씨로 적혀 있었다.

고양이 식당의 추억 밥상

그 이름에 끌렸다. 백반집의 블로그인 듯했는데, 갱신
은 멈춘 상태였다. 히마리가 본 글에는 이렇게 쓰여 있
었다.

남편이 행방불명이 된 지 벌써 20년이 지났습니다.
바다에 낚시를 하러 나가서는 돌아오지 않았습니다.

내용으로 보아 여성의 블로그다. 히마리와 마찬가지
로 남편을 잃은 모양이다. 그 여성은 생계를 위해 식당을
시작했다. 그리고 손님의 주문과는 별도로 남편이 무사
하기를 바라면서 가게젠을 만들었다.

그러자 세상을 떠난 가족이나 친척, 친구를 추모하기
위해 가게젠을 주문하는 손님이 생겼다. 장례식이나 제
삿날이 아니더라도 고인을 추모하고 싶어하는 사람이
많이 있었던 것이다.

고양이 식당에서는 그것을 '추억 밥상'이라 이름 붙여
주문을 받았다. 고인과의 추억을 물어보고, 소중한 사람

을 그리워하는 마음을 담아 요리를 만든 것이다.

　기적이 일어났습니다.
　믿을 수 없는 일이 생긴 것입니다.

　마음을 담아 추억 밥상을 만들 때마다 소중한 사람과
의 추억이 되살아나고, 때로는 고인의 목소리가 들리기
도 했다. 죽은 사람과 만날 수 있었다는 사람마저 나타났
다고 블로그에는 쓰여 있었다.
　"……말도 안 돼."
　히마리는 저도 모르게 중얼거렸다. 분명 거짓말일 거
라고 생각했다. 죽은 사람과 만날 수 있다니 말도 안 되
는 일이다. 사기거나 수상한 신흥 종교일 것이 틀림없다.
시청에서는 이런 종류의 상담에 응할 일이 많았다. 그중
에서도 가족을 잃은 사람을 목표물로 삼는 수법은 아주
흔하다.
　그렇게 생각하면서도 블로그에서 눈을 뗄 수가 없었
다. 히마리는 계속해서 글을 찾아 읽었다. 식당을 소개하
는 페이지에 식당의 주소와 전화번호가 적혀 있었다.

고양이 식당이 있는 지바현 기미쓰시는 히마리가 살고 있는 기사라즈시에 인접해 있다. 멀지 않아 하루 안에 충분히 다녀올 수 있는 곳이다.

조금 망설이다가, 일단 전화를 해보기로 했다.

"전화 주셔서 감사합니다. 고양이 식당입니다."

호감 가는 젊은 남자의 목소리가 전화를 받았다. 아직 방심할 수는 없지만, 사기나 수상한 신흥 종교 같은 분위기는 아니었다.

"예약을 하고 싶은데요."

"네, 감사합니다."

고풍스럽다고까지 할 수 있을 법한 정중한 말씨였다. 상냥하고 부드러운 목소리가 기분 좋게 들려와서, 긴장하지 않고 이야기할 수 있었다.

"추억 밥상을 예약할 수 있을까요?"

"네, 알겠습니다."

날짜를 정하고, 이름과 연락처를 말한 뒤 가게젠의 메뉴를 이야기했다. 전화를 끊으려고 한 순간이었다. 전화 저편의 목소리가 중요한 것을 깜빡했다는 듯이 말을 걸었다.

"저희 식당에는 고양이가 있습니다만, 괜찮으시겠습니까?"

명물 고양이라도 있는 것일까? 이름부터가 고양이 식당이니까, 고양이가 있어도 이상할 것은 없다. 오히려 있는 것이 당연하다는 느낌이다.

"괜찮습니다."

"양해해 주셔서 감사합니다."

전화 저편에서 머리를 숙이고 있는 모습이 머릿속에 떠오르는 예의 바른 목소리다.

주의점은 또 하나 있었다.

"라스트 오더는 오전 10시입니다."

"오전이요?"

"네. 아침 10시입니다. 고양이 식당은 오전에만 영업을 하고 있습니다. 괜찮으시겠습니까?"

"아…… 네."

아침 식사 전문 식당인 걸까? 그런 가게에서 가게젠을 낸다니, 이해가 잘 되지 않았지만, 영업시간은 당연히 식당의 자유다.

"그럼 기다리고 있겠습니다. 다마루 히마리 님. 예약해

주셔서 감사합니다."

목소리는 마지막까지 정중했다.

이렇게 통화를 마친 뒤, 다시 지도를 찾아보고서 그 식당 근처에 간 적이 있다는 것을 기억해 냈다.

기미쓰시에는 일본을 대표하는 큰 제철소가 있다. 다모쓰가 근무하던 회사도 그 제철소 관련 일을 하청 받아 하고 있었다.

그 제철소에서도 참가하는 '기미쓰 시민 교류 축제'에 다모쓰와 여러 번 갔었다. 공장을 견학한 후 불꽃놀이를 구경하고 포장마차도 둘러보고, 다코야키*나 야키소바**를 먹었다. 바다가 보이는 거리를 산책하기도 했다.

다만 그때는 기차가 아니라 자동차를 타고 갔다. 둘이서 교대로 운전한 기억이 있다. 그러니까 길도 알고 있다.

기차보다 자동차로 가는 편이 빨리 도착한다는 것을

---

* 밀가루 반죽 속에 문어를 넣어 동그란 모양으로 구워낸 것으로 대표적인 길거리 음식 중 하나다.
** 면에 소스와 채소, 고기를 넣고 볶아서 만드는 일본식 볶음국수. 축제의 포장마차에서 흔히 볼 수 있는 가장 대표적인 음식이다.

알고 있지만, 지금은 운전할 기분이 들지 않는다. 맨션 주차장에 있는 자동차는 다모쓰가 주로 사용하던 것이다.

그이의 냄새가 분명 남아 있을 것이다. 다모쓰에 대해서 지금보다 더 생각하게 될 테고, 운전도 못하고 울어버릴 것이 분명하다.

기차를 타고 가기로 결정하고, 지도에서 가는 길을 검색했다. 기미쓰 역보다 아오호리 역에서 내리는 편이 가까운 것 같다.

다만 대부분의 기차는 기미쓰 역이 종착지이기 때문에 아오호리 역까지 가는 기차는 편수가 상당히 적었다. 또 고양이 식당은 역에서부터도 거리가 있어서, 기차에서 내려 다시 버스를 타야 한다. 기차와 버스 시간표를 잘 알아보고 가야겠지만, 그렇게 번거로울 정도의 일은 아니다.

며칠이 지나, 고양이 식당에 가는 날이 되었다.

아침부터 코코는 방구석에서 둥글게 몸을 말고 있다. 정말로 다모쓰를 만날 수 있다면 데려가고 싶지만, 음식점에 고양이를 데려가는 건 곤란하지 않을까 싶었다.

게다가 우리 집 고양이는 깊이 잠들어 있다. 깨우는 것은 미안하니까, 오늘은 혼자서 가기로 했다.

"집 잘 보고 있어."

일어날 기색이 없는 고양이에게 말을 하고, 히마리는 집을 나섰다. 밖으로 나가자 하늘은 흐렸다. 일기예보를 보니 오늘은 비가 오지는 않지만 하루 종일 흐리다고 한다. 저기압 탓에 머리가 무거웠다. 해가 비추지 않는 12월은 역시 싸늘하다. 패딩 점퍼의 지퍼를 잠그고, 기사라즈 역으로 향했다. 햇살이 나지 않는 탓일까? 눈에 들어오는 모든 것이 회색으로 보였다.

추위에 쫓기듯 걸었기 때문인지, 평소보다 빨리 역에 도착했다. 개찰구를 지나 플랫폼으로 내려가자 아오호리 역으로 가는 열차가 와 있었다.

출발 시간까지는 여유가 있었지만, 플랫폼에서 딱히 할 일도 없어 바로 열차에 올라탔다. 열차 안은 텅 비어 있었다.

2인용 좌석에 앉아서 잠시 기다리자 열차가 움직이기 시작했다. 아오호리 역은 두 역만 가면 되니까 10분이면 도착한다.

당 신 의   마 음 에   닿 은   한   문 장

인생의 최종장에
들어가기 전에
모험을 좀
해보고 싶었거든.

헤르메스
야마다 무네키 저, 김진아 역

SENTENCE
COLLECTION

당신의 한 문장은 무엇인가요?

1.

Date: .   .

2.

Date: .   .

3.

Date: .   .

아오호리 역은 지바현 홋쓰시에 있는 오래된 단선 기차역이다. 역사와 플랫폼이 구름다리로 연결되어 있어서 히마리가 태어나지도 않았던 오랜 옛날을 떠올리게 한다. 좋은 느낌으로 낡아 있어서, 옛날 드라마에나 나올 법한 분위기가 느껴졌다.

기차에서 내려 개찰구를 나왔다. 아오호리 역 뒤편에 고분이 많이 모여 있는 관광 명소가 있었지만, 히마리는 그쪽은 보지 않고 바로 버스를 탔다. 예약 시간에 늦고 싶지 않았고, 관광을 하러 온 것도 아니니까.

버스에도 사람이 없어서, 히마리 외에는 버스 기사만 타고 있을 뿐이었다. 어디를 가도 사람이 없다. 평일 낮 시간에는 항상 이런 걸까?

가만히 앉아 있다 보니, 차창 밖으로 고이토가와라는 하천이 보였다. 인터넷으로 미리 알아보고 와서 부근의 지도가 머릿속에 들어 있다. 이 강의 저편이 고양이 식당이 있는 기미쓰시다.

기미쓰시는 시골이지만 재정력 지수는 기사라즈시보다 높다. 지방 교부세 교부금 없이도 운영 가능한 우수한 지역이다. 아마 강철 생산량 2위인 기미쓰 제철소가 있기 때문일 것이다.

그런 생각을 하는 사이에 목적지의 버스 정류장에 도착했다. 하차벨을 누르고 버스에서 내리자 바다 냄새가 났다. 괭이갈매기와 갈매기가 수면 위를 날고 도쿄만이 바로 앞에 있었다.

고이토가와를 따라 이어진 길은 조용했다. 집은 군데군데 보이지만 사람은 아무도 없다. 버스 정류장에서 보이는 범위 내에는 편의점은 물론 어떤 가게도 없었다. 히토미 신사가 가까이에 있을 텐데, 정확한 위치는 알아보지 않아서 어디인지는 알 수 없었다. 하늘에는 여전히 구름이 끼어 있다.

의미도 없이 한숨을 내쉬고, 버스가 떠나는 것을 본 뒤 걷기 시작했다. 바다를 향해 가면 되니까, 미아가 될 일은 없을 것이다. 그래도 만일에 대비해 스마트폰으로 위치를 확인했다. 역시 제대로 가고 있다.

지도에 표시된 경로를 따라 걸었더니 드넓은 모래 해안으로 이어졌다. 해변의 방갈로도 아니고, 이런 곳에 식당이 있다니 신기한 일이다.

"여기가 맞겠지……."

중얼거리다가 한 번 더 스마트폰을 보았다. 그 순간 화면에 표시되어 있던 날짜가 눈에 들어왔다.

12월 하순.

고독은 갑자기 밀어닥친다. 별생각 없이 본 것에도, 항상 눈에 보이는 것에도 별안간 상처를 입을 때가 있다.

크리스마스가 지나버렸구나. 새삼 그렇게 생각했다. 곧 새해가 밝고 1월이 찾아온다. 하지만 다모쓰는 없다. 내년에도, 후년에도, 계속, 계속 없다.

커다란 눈물방울이 뚝뚝 떨어졌다. 무릎이 떨려서 서 있지 못하고 모래 해안에 주저앉았다. 이런 곳에서 울면 안 된다고 생각하면서도, 눈물이 멈추지 않는다.

참지 못하고 어린애처럼 얼굴을 양손에 파묻고 울었다. 히마리는 그렇게 한참을 소리 내어 울고 말았다.

슬픔의 바다에 잠겨 있다 보면 시간 감각이 희미해진다. 얼마나 울었는지도 알 수가 없었다.

문득 젊은 남성의 목소리가 들려왔다.

"저⋯⋯."

히마리는 당황했다. 퍼뜩 얼굴을 들자 자신보다 조금 연상으로 보이는 남자가 서 있었다. 상냥해 보이는 얼굴

45

의 미남이다. 비쳐 보일 듯이 피부가 희고, 여성용으로 보이는 섬세한 모양의 안경을 쓰고 있다. 긴 소매 와이셔 츠에 검은색 바지를 입었다. 약간 긴 흑발이 바닷바람에 살랑살랑 흔들리고 있다.

"괜찮으세요?"

남자가 물었다. 걱정이 되어서 말을 걸어본 모양이다.

괜찮지 않았지만, 그렇게 말할 수는 없다. 떨리는 무릎 에 힘을 주어 일어서서, 기력을 쥐어짜며 거짓말을 했다.

"이제 괜찮아요. 고맙습니다."

대답하면서 스스로를 타일렀다. 괜찮지 않으면 살아 갈 수가 없다. 그만 울고 이제 식당에 가야 한다. 남편은 이제 없으니까, 혼자서 살아가지 않으면 안 된다.

"그럼 이만."

고개를 숙여 보이고 걸어가려던 순간이었다.

"고양이 식당의 후쿠치 가이입니다. 혹시 다마루 히마 리 님이십니까?"

섬세한 모양의 안경을 쓴 남자는 예약한 식당에서 나 온 사람이었다. 이제서야 깨달았지만, 전화로 들었던 것 과 똑같은 목소리다.

"아…… 네."

대답하자 가이가 안심한 얼굴을 했다.

"마중을 나왔습니다."

퍼뜩 정신을 차리고 스마트폰을 보자 예약 시간이 지나 있었다. 지각이다. 식당 사람이 상황을 살피러 온 것은 어떤 의미에서는 당연하다.

"……죄송해요."

"아닙니다. 신경 쓰지 마세요. 안내해 드려도 괜찮을까요?"

"네, 부탁드립니다."

"이쪽으로 오세요. 바로 앞이니까요."

가이가 에스코트하듯이 걷기 시작했고 히마리도 발걸음을 옮겼다. 어느새 눈물은 멈춰 있었다.

안내를 따라 걸어가자 모래 해변이 끝나고, 하얀 조개껍데기를 깔아 놓은 오솔길이 나왔다. 요트 하우스 같은 느낌의 세련된 목조 건물이 보인다. 주거를 겸하고 있는지 2층으로 된 제법 널찍한 건물이었다. 가이가 소개하듯이 말했다.

"저 파란 건물이 고양이 식당입니다."

눈처럼 하얀 오솔길 끝에 카페 같은 데서 자주 보이는 형태의 칠판이 있었다. 간판 대신 놓아두는 모양이다.

그 칠판에 흰 분필로 글자가 쓰여 있었다.

고양이 식당
추억 밥상을 차려 드립니다.

장사할 생각이 도무지 없어 보이는 간판이다. 메뉴도, 영업시간도 쓰여 있지 않았다. 그 대신이라도 하듯이 작은 고양이 그림과 작게 주의 사항이 적혀 있었다.

이 식당에는 고양이가 있습니다.

글씨도 그림도 아기자기해서 여자의 솜씨인 것 같다.

간판 앞까지 왔을 때, 가이가 엄한 목소리를 냈다.

"이런 데서 뭘 하고 있는 겁니까?"

자신에게 화를 내는 건가 싶었지만, 시선은 히마리를 향해 있지 않았다. 간판 대신 세워 놓은 칠판을 무서운 얼굴로 노려보고 있다.

누구에게 화를 내는지를 알 수 없어서 당황하고 있는데, 칠판의 그림자에서 소리가 들려왔다.

"냐앙."

한순간 코코인가 했지만, 물론 아니었다. 울음소리가 비슷할 뿐이었다. 칠판의 그림자에서 조그만 갈색 얼룩무늬 고양이가 빼꼼 얼굴을 내밀었다.

"냐아아."

히마리의 얼굴을 보고 다시 울었다. 칠판에 그려진 그림과 똑같았다. 공처럼 작고, 그리고 귀여웠다.

"이 가게의 고양이인가요?"

"네."

가이는 고개를 끄덕였지만, 미간은 찌푸린 채였다. 원래 얼굴이 상냥한 편이다 보니 무섭지는 않았지만, 역시 화를 내고 있는 것 같다. 조그만 고양이에게 엄한 시선을 보내고 있다.

"고양이에게 문제가 있나요?"

신기한 생각에 물어보자, 가이가 대답했다.

"눈만 떼면 집 밖으로 나가버린답니다."

그럴 만하네.

고양이를 키우는 사람으로서는 납득할 수 있는 반응이다. 이 조그만 갈색 얼룩무늬 고양이에게는 탈출하는 버릇이 있는 것이다.

집에 있는 코코도 그렇다. 문이나 창문이 열려 있으면 밖으로 나가려고 한다. 택배를 받는 틈을 노려서 복도로 뛰쳐나간 적도 있다. 출입구가 하나밖에 없는 가정집에서도 애를 먹고 있으니, 이렇게 널찍한 단독주택이라면 빈틈없이 지켜보기가 더욱 쉽지 않을 것이다.

가이가 작은 고양이를 향해서 설교를 재개했다.

"무슨 일이 생기고 나서는 늦는단 말입니다."

그렇게 말하는 기분은 충분히 이해한다. 밖은 위험하다. 자동차나 오토바이가 오지 않는다 해도, 까마귀의 공격을 받거나 길을 잃어버리는 경우도 없지 않다. 길고양이와 싸움을 해서 크게 다칠 수도 있다.

"밖에 나가면 안 됩니다."

"냐아."

조그만 갈색 얼룩무늬 고양이가 대답이라도 하듯이 울었다. 어딘가 신묘한 얼굴을 하고 있지만, 반성하고 있는 것처럼 보이지는 않았다. 꼬리를 세우고 있다.

"또 그러면 낮에도 우리에 넣어 놓을 거예요."

"냐아아아."

고개를 끄덕이는 것처럼 보이지만, 주인이 신경 써주니까 좋아하는 것처럼 보이기도 한다. 꼬리가 위아래로 흔들리고 있다.

가이는 겁을 줄 생각이겠지만, 말씨가 너무 정중해서 박력이 부족하다. 얼굴도 무서워 보이지 않는다.

"알겠습니까?"

고양이에게 다짐을 받듯이 말하고는 히마리 쪽으로 돌아섰다.

"실례했습니다. 저희 식당의 고양이 꼬마입니다."

얼룩무늬 고양이를 히마리에게 소개했다.

세상의 고양이들은 대부분 똑똑하다. 자기 이름이 불린 것을 알았는지, 꼬마가 대답이라도 하듯이 다시 울었다.

"냐아."

그리고 식당을 향해 걷기 시작했다. 식당 안으로 돌아갈 생각인 모양이다. 탈출 버릇은 있으면서 바깥세상에 대한 집착은 없는 것 같다. 이런 점도 코코와 닮았다.

"정말이지, 너도 참."

가이는 자식 때문에 고생하는 부모처럼 한숨을 쉬었다. 그러고는 마음을 다잡은 듯이 움직이기 시작했다. 꼬마를 앞질러 가게 문을 열었다. 딸랑딸랑 도어벨이 울리고, 가게 안과 밖의 세계가 이어졌다.

"고양이 식당에 오신 것을 환영합니다."

가이가 말했다. 히마리를 위해서 문을 열어준 것일 테지만, 먼저 들어간 것은 꼬마였다.

고양이 식당에는 아무도 없었다. 한발 앞서 들어간 꼬마만 있을 뿐, 직원도 손님도 없다.

식당 내부를 둘러보자 테이블도 의자도 원목으로 되어 있어서 통나무 오두막집 같은 편안한 분위기가 감돌았다. 산장에 온 기분이 들지 않는 것은 커다란 창문으로 바다가 보이기 때문일 것이다. 파도 소리가 선명하게 들려왔다.

"이쪽으로 앉으세요."

가이가 창가 자리로 안내해 주었다. 4인용 좌석이었다.

"고맙습니다."

히마리가 자리에 앉자, 꼬마가 짧게 울었다.

"냐아."

식당 한쪽 구석에 커다란 괘종시계가 있고, 그 옆에 안락의자가 놓여 있다. 꼬마는 그 위로 뛰어올라 기지개를 쭉 펴더니, 몸을 둥글게 말았다. 낮잠을 잘 생각인 모양이다. 곧 잠든 숨소리가 들려오기 시작했다.

잠이 오는 이유는 쉽게 이해가 되었다. 식당 안은 따뜻하고 편안한 느낌이다. 사기거나 수상한 신흥 종교일 거라고 의심하면서 찾아왔지만, 그런 분위기는 전혀 없었다. 히마리는 일단 안심했다.

그렇다고 죽은 사람을 만날 수 있을 것 같은 분위기도 아니다. 지금으로서는 그저 분위기 좋은 식당일 뿐, 다모쓰가 나타날 거라고는 생각되지 않았다.

"추억 밥상 말인데요……."

질문을 하려고 입을 열었지만, 말을 잇지 못했다. 어떻게 물어보면 좋을지 알 수가 없었다. 블로그를 본 것부터 이야기해야 할까?

입을 열기만 하고 말을 잇지 못하고 있자 가이가 말했다.

"이미 준비되어 있습니다. 바로 가져오겠습니다."

예약한 식사를 재촉했다고 생각한 모양인지 히마리의
다음 말을 기다리지 않고, 서둘러 주방으로 가버렸다.

이 식당에는 텔레비전은커녕 잡지 한 권 없었다. 있더
라도 볼 기분이 들지는 않았을 것이다. 실제로 스마트폰
을 가지고 있었지만 만지지도 않았다. 그저 창가 자리에
앉아 다모쓰를 생각했다.

갓 결혼해서부터 다모쓰는 퇴근이 늦었다. 근무 시간
이 불규칙한 데다 매일같이 잔업이 있었다.

"저녁은 밖에서 먹고 올까?"

"가끔은 괜찮지만 매번 밖에서 먹는 건 안 돼."

"하지만 일하고 온 뒤에 저녁을 하는 건 좀 힘들어서."

"그건 그래."

히마리는 고개를 끄덕이고 제안했다.

"내가 만들까?"

그러자 다모쓰는 기쁜 표정을 지었다. 그리고는 걱정
스러운 말투로 다시 물어 왔다.

"괜찮겠어? 너도 일하는데 힘들지 않겠어?"

"괜찮아. 그리고 아침밥은 네가 만들잖아"

집에서 먹는 편이 건강에도 좋고 절약도 된다. 또 이때는 말하지 않았지만, 남편을 위해서 요리한다는 것이 좋았다.

좋아하는 음악을 들으며 저녁 식사를 준비하고, 코코와 함께 다모쓰가 돌아오기를 기다렸다. 그런 사소한 일이 행복했다.

계속 그대로 행복하게 살아갈 거라고 믿었다. 아무 의심도 없이, 다모쓰와 살아가는 나날이 이어질 거라고 생각하고 있었다.

그 행복을 망친 것은 나다. 별것도 아닌 일로 화를 내고, 저주의 말을 퍼붓고 말았다.

이 바보야, 죽어버려.

현실이 되었다. 그이는 정말로 죽어버렸다. 히마리에게 사과하려고 하다가 사고를 당했다.

내 탓이다. 다시 눈물이 복받쳤다. 후회와 슬픔이 가슴에 치밀어 올라 오열과 함께 입으로 흘러나오려 했다.

다모쓰가 죽은 뒤로 계속 울고 있다. 매일 울었다. 울기 시작하면 망가진 수도꼭지처럼 눈물이 멈추지 않았다.

눈물을 참으려고 입술을 깨물고 있자니 가이가 주방에서 돌아왔다. 요리를 올린 쟁반을 들고 있다.

"오래 기다리셨습니다."

일류 레스토랑의 웨이터처럼 소리 없이 접시를 테이블 위에 내려놓고, 히마리에게 메뉴를 소개했다.

"갓 구운 식빵과 클램차우더입니다."

그리고 "식빵에는 버터를 듬뿍 사용했습니다" 하고 덧붙였다.

도쿄에서 고속도로를 타고 한 시간 정도 가면 도착하는 곳에 기사라즈 · 나카노시마 해안공원의 갯벌 체험장이 있다. 봄부터 여름에 걸쳐서 바지락이나 키조개, 개량조개 등을 잡을 수 있는 곳이다.

가족들이 많이 찾는 관광 명소이지만, 아무리 그래도 12월에는 열려 있지 않다.

"냉동 바지락을 사용했습니다."

가이가 숨기지 않고 말했다. 히마리도 그렇게 하고 있다. 상품에 따라 다르지만, 대부분 맛도 나쁘지 않고 보관하기에도 편리하다.

바지락에 풍부하게 함유된 타우린은 혈액 속의 과다한 콜레스테롤을 배출시키고 혈액의 점도를 낮춰 동맥경화를 예방한다. 혈압이나 혈당이 높은 사람에게 추천하는 음식으로 알려져 있다.

가이의 설명이 이어졌다.

"클램차우더에 넣은 우유도 이 지역에서 생산된 것입니다."

지바현은 낙농업이 발달한 지역으로, 우유 생산량은 전국에서도 손꼽힌다. 또한 우유는 칼슘, 단백질, 각종 비타민 등을 균형 있게 포함한 식품이기도 하다. 최근에는 면역력 상승에도 좋다고 알려졌다.

그 두 가지 재료를 사용해 만든 클램차우더는 건강에 좋은 이 인근 지역의 명물 요리다. 기사라즈산 바지락을 사용하고 있어서 '기사라즈 차우더'라고 불리기도 한다.

테이블에 놓인 클램차우더는 히마리가 만든 것과 아주 비슷했다. 마늘, 양파, 감자, 만가닥버섯, 베이컨이 들어 있는데, 모두 바지락보다 작은 1센티 크기로 잘려 있다. 마무리로 파슬리와 흑후추를 뿌린 것도 집에서 만든 클램차우더와 똑같았다.

식빵도 클램차우더도 예약하면서 레시피를 말하긴 했지만, 전화로만 듣고도 이렇게까지 비슷하게 만들어준 것이다.

"식기 전에 얼른 드세요."

"아…… 네. 잘 먹겠습니다."

스푼을 손에 들고 클램차우더를 떠서 데지 않도록 조심하면서 입에 넣었다.

버터와 우유의 향기가 퍼져나간다. 농후한 유제품의 맛이다. 그다음에 바로 베이컨과 만가닥버섯, 바지락의 감칠맛이 따라온다. 너무 농후하다는 느낌이 들려는 찰나에 굵게 간 흑후추가 액센트가 된다. 맛의 균형이 좋다.

모든 재료가 다 맛있지만, 역시 주역은 바지락이다. 바지락을 삶았을 때 남기 쉬운 특유의 냄새가 전혀 없었다. 말캉하면서 부드럽고, 그러면서도 씹으면 탄력이 있다. 풍부한 향이 느껴진다. 히마리는 그 비밀을 알고 있다. 아마 화이트와인일 것이다.

클램차우더를 만들 때 바지락을 청주나 와인으로 살

짝 익혀서 넣으면 맛이 훨씬 좋아진다. 인터넷에서 얻은 지식이다. 히마리가 만들 때는 청주보다 화이트와인을 사용하는 경우가 많다.

기사라즈 차우더는 다모쓰가 좋아하는 메뉴였다. 맛있다는 말을 연발하며 먹는 남편의 모습이 떠올랐다. 빵만 곁들여 먹는 것이 아니라 밥과도 같이 먹곤 했다. 식욕이 없을 때도 클램차우더만은 남기지 않았다.

다모쓰는 요리를 잘했지만, 직접 굽는 식빵과 클램차우더만은 히마리가 더 잘 만들었다. 남편은 히마리가 만든 클램차우더를 무척 좋아했다.

역시 맛있네.

다모쓰의 목소리가 들리는 것만 같아서, 히마리는 얼굴을 들었다. 남편이 나타났다고 생각한 것이다.

하지만 그이는 없었다. 입구의 문은 꽉 닫혀 있었고, 누가 들어온 기척도 없었다.

"당연하겠지……."

새삼 중얼거렸다. 죽은 사람이 나타날 리가 없다. 죽은 사람과 만날 수 있다고 하는 것은 비유일 뿐이고, 소중한 사람을 생각하면서 추억의 요리를 먹는 식당이라는 의미일 것이다. 그러니까 '추억 밥상'인 것이다. 거짓말은 요만큼도 없다.

다모쓰와 만날 수 있을 거라고 기대한 게 잘못이겠지만, 실망한 것은 사실이다. 기대가 사그라지며 식욕도 사라졌다.

더 이상 먹고 싶지 않았다. 음식을 치워 달라고 하려 했지만, 이렇게 많이 남기면 미안하다.

식빵만이라도 조금 먹을 생각으로 다시 한번 테이블을 보았다. 그리고 그제서야 눈치챘다.

"잼 스푼이……."

식빵 접시의 한쪽에 작은 나무 스푼이 놓여 있었다. 그러나 잼은 보이지 않았다. 테이블에 놓여 있지 않았다. 내는 것을 잊어버린 것일까?

잼이 없어요, 하고 가이에게 말을 걸려고 했을 때였다.

"냐앙."

고양이의 울음소리가 들렸다. 그쪽을 보니, 자고 있던 꼬마가 어느새 안락의자 위에 서 있었다. 뭔가를 보고 있

는 듯했다. 그 꼬마의 시선을 따라가자, 히마리의 가방에
가닿았다.

'맞아, 그랬지.'

집에서 만든 잼을 가져왔던 것이다.

비상식적인 일인 것은 알고 있지만, 추억 밥상에 필요
했다. 예약 전화를 걸었을 때 가이에게도 분명 양해를 구
했다.

가이는 기억해 주었는데, 정작 히마리가 잊어버리고
있었다. 이렇게 중요한 것을 잊어버리다니, 말도 안 된다.

그래도 만일을 위해 가이에게 물었다.

"집에서 만든 잼을 가져왔는데 먹어도 괜찮을까요?"

"물론입니다."

"냐아."

꼬마까지 대답을 했다. 히마리는 둘에게 눈인사를 하
고, 가방에서 병을 하나 꺼냈다.

거기에는 비파잼이 들어 있었다.

비파도 지바현의 특산품이다.

지바현에서 재배된 역사도 길어서, 1751년부터 시작

되었다고 전해진다. 1909년부터 지금까지 일본 왕실에 납품되고 있을 정도로 품질이 좋다. 그대로 먹어도 맛있지만, 최근에는 '비파 카레'나 '비파 아이스크림' 등 비파를 사용한 상품이 인기를 끌고 있다.

다만 비파는 초여름이 제철이다. 수확되는 기간이 짧아서 지바현에서는 한 달 정도밖에 구할 수 없다. 지금은 12월이니까 팔지 않는다. 그래서 집에서는 특산품 전문점에서 파는 비파 통조림을 이용해 잼을 만들고 있다.

과일잼이 대체로 다 그렇지만, 만드는 방법은 간단하다. 비파를 적당한 크기로 잘라서 설탕과 레몬즙을 넣고 가열하면 된다. 전자레인지로도 만들 수 있다. 만드는 방법은 남편이 가르쳐주었다.

오늘 고양이 식당에 가져온 잼도 다모쓰가 만든 것이다. 냉장고에 들어 있었던 것을 병째로 가져왔다.

히마리가 병 뚜껑을 열어 빵에 바르려 할 때, 테이블 옆에서 가이가 물었다.

"식빵을 토스트해 드릴까요?"

여전히 만화책에 나오는 집사 같은 말투다. 목소리도, 태도도 온화해서 강요하는 느낌이 없는 덕분에 자연스럽게 부탁할 수 있었다.

"네, 부탁드릴게요."

"알겠습니다."

가볍게 머리를 숙인 뒤 주방으로 가서 재빨리 식빵을 구워서 가져다 주었다. 두툼하게 썰린 식빵이 노릇노릇하게 구워졌다.

"구운 정도는 이 정도로 괜찮으시겠습니까?"

"네, 고맙습니다."

히마리가 대답했다. 식빵의 두께도, 구운 정도도 아주 훌륭하다. 다모쓰는 두껍게 썬 식빵을 바짝 구워서 먹는 것을 좋아했다.

"그럼 천천히 즐기십시오."

가이는 주방으로 돌아갔다. 식사에 방해가 되지 않도록 보이지 않는 장소로 들어간 것처럼 느껴졌다.

테이블 위로 눈을 돌리자 두툼하게 썰린 토스트에서 좋은 냄새가 풍겨왔다. 구석구석 잘 구워졌지만, 조금도 타지 않았다. 잼을 바르지 않고 먹어도 맛있겠지만 그래서는 추억 밥상이라 할 수 없다.

"……잘 먹겠습니다."

한 번 더 말하고서 히마리는 비파잼을 듬뿍 발랐다. 비파의 달콤한 과즙이 잘 구워진 토스트에 스며든다.

나이프와 포크가 함께 나왔지만, 집에서는 사용하지 않았다. 특히 다모쓰는 꼭 손으로 잡고 먹곤 했다.

예절에 어긋난다 해도, 다모쓰가 살아 있던 때처럼 해야겠지? 아직 뜨거운 토스트를 손에 들고 잼을 흘리지 않도록 조심하면서 베어 물었다.

"맛있다!"

식빵 표면은 바삭바삭하게 구워져 있지만, 안쪽은 쫀득하다. 밀가루의 소박한 단맛이 비파의 고급스러운 달콤함과 하나로 어우러진다. 중간에 수프를 떠먹었다. 비파잼 토스트는 흑후추 향이 나는 클램차우더와 잘 어울린다.

이때 문득 신기한 것을 발견했다. 맞은편 좌석에도 토스트가 놓여 있었는데, 어느새 비파잼이 발라져 있었다.

히마리가 바른 것은 아니다. 가이가 바른 것일까 생각했지만, 토스트를 해서 가져왔을 때는 아무것도 발라져 있지 않았다. 히마리가 눈치채지 못하는 사이에 잼을 바르고 간 것일까?

그것 말고는 달리 방법이 없어 보였지만, 본 기억이 없다. 식사에 집중할 수가 없어졌다. 가이에게 물어보려고 얼굴을 들었다가, 깜짝 놀랐다.

창밖의 풍경이 바뀌어 있었다.

말도 안 되는 일이 일어났다.

놀랍게도 파도가 멈춰 있었다. 바람이 불지 않아 잔잔한 정도가 아니라, 동영상을 보다가 일시정지를 누른 것처럼 멈춰 있다.

믿어지지 않아서 다시 한번 살펴보는데, 괭이갈매기도 얼어붙은 듯이 하늘에 멈춰 있었다.

"어……? 뭐지, 이거……?"

중얼거리는 목소리도 이상하게 들렸다. 어항 속에서 말하는 것처럼 웅웅 울려서 들렸다.

"저기요!"

주방을 향해 소리쳤다. 지금 당장 가이의 얼굴이 보고 싶었다. 그러나 가이는 대답이 없다. 그리고 어째선지 모르지만 이런 생각이 들었다. '가이는 사라져 버렸다'고.

창밖도 주방도 고요하기만 했다. 마치 세상이 끝나버린 것 같다. 언젠가는 이 세계도 끝날 것이다.

언젠가 텔레비전에서 본 종말 시계의 영상이 히마리의 뇌리에 떠올랐다. 절망과 공포로 몸이 떨려왔다.

아무것도 하지 못하고 그대로 앉아 있는데, 문득 스마트폰을 가지고 있다는 것이 생각났다. 아빠나 엄마에게 전화를 걸어보자. 아니, 뉴스를 먼저 봐야 하나?

일단 스마트폰을 꺼내려고 가방으로 손을 뻗는데, 딸랑딸랑 소리가 들렸다. 도어벨 소리였다.

식당 문이 열리고, 12월의 차가운 공기가 흘러 들어왔다. 그로부터 몇 초 정도 사이를 두고, 흰 그림자가 고양이 식당으로 들어왔다.

빛 때문인지 얼굴은 보이지 않았지만, 히마리는 누구인지 알 수 있었다.

"다모쓰……!"

히마리는 그의 이름을 불렀다. 죽은 남편이 나타난 것이다.

— 종이에 소원을 적으면 그 소원이 이루어진다.

고등학생 때 그런 문구를 책에서 읽은 적이 있다. 친

구들 사이에서 유행했는데, 히마리는 그때 진지하게 생각하지 않았다.

만약 그 말을 믿었다면 남편이 죽은 뒤 '다모쓰를 보고 싶어'라고 몇백 번, 몇천 번은 썼을 것이다. 그만큼 진심으로 다시 만나기를 바라고 있었다.

바란다고 모두 이루어질 정도로 세상은 만만하지 않지만, 바라지 않으면 이루어질 수도 없다.

히마리는 다모쓰와 만나고 싶은 바람 하나로 고양이 식당에 찾아왔다. 반신반의 상태였지만, 만나고 싶다는 마음만은 진심이었다. 그리고 지금, 그 바람이 이루어지려 하고 있다.

흰 그림자가 가까이 다가와 얼굴이 뚜렷이 보였다. 생각대로 다모쓰였다. 싸운 채로 출근했던 그날과 같은 얼굴, 같은 옷으로 그이가 나타난 것이다.

다모쓰에게 달려가 안기고 싶었지만, 히마리는 말도 걸지 못하고 굳어버렸다. 다모쓰가 이제까지 본 적 없는 차가운 표정으로 나타났기 때문이다.

테이블 옆까지 와서도 앉으려 하지 않았다. 표정과 마찬가지로 차가운 말을 던졌을 뿐이다.

"뭐 하러 왔어?"

"어?"

"'여기'에 뭘 하러 왔냐고."

"그야 당연히…… 널 만나고 싶어서…….'

"만나서 뭘 하려고?"

"너에게 사과하고 싶었어."

히마리는 자리에서 일어나 남편에게 머리를 숙였다.

"미안해. 정말 미안해."

그 말을 전하고 싶어서 다모쓰를 만나러 왔다. 많이, 아주 많이 사과하고 싶었다. 그리고 그 외에도 하고 싶은 말이 있었다.

그러나 다른 말은 나오지 않았다. 몇 번씩 계속해서 같은 말을 반복했다. 미안해, 정말 미안해. 미안해.

그렇게 계속 사과하는 히마리를 멈추게 한 것은 다모쓰가 뱉은 예상치 못한 한마디였다.

"이제 좀 조용히 해줄래?"

"뭐?"

"너무 시끄러워."

"……뭐라고?"

다시 되묻고 말았다. 제대로 들렸지만, 확실히 귀에 도달했음에도 되물을 수밖에 없었다.

다모쓰는 내뱉듯이 말을 이었다.

"기분이 풀렸으면 이제 돌아가. 얼굴도 보기 싫고, 목소리도 듣기 싫으니까."

히마리는 할 말을 잃었다. 대꾸도 할 수가 없었다. 인형이라도 된 듯 입을 움직일 수가 없었다.

다모쓰가 지겹다는 말투로 연타를 가했다.

"안 들려? 이제 돌아가라고."

남편은 히마리를 거부하고 있다. 겨우 알아챘다. 머리가 지끈거리고, 양손이 덜덜 떨렸다. 울음을 터뜨리고 싶은 기분을 꾹 참으며 어떻게든 말을 짜냈다.

"왜? ……왜 그런 말을 해?"

"몰라서 물어? 나 보고 죽으라며. 그래서 정말 죽었어. 네가 저주로 날 죽인 거나 마찬가지야."

결정적인 한마디였다. 다모쓰는 나를 원망하고 있을 뿐더러 용서할 생각도 전혀 없었다.

남편을 만나서 사과하자.

사과하고, 화해하자.

그렇게 생각하며 고양이 식당을 찾아왔다. 이렇게 거부 당하리라고는 생각지 못했다. 마음 어딘가에서 사과만 하면 용서해줄 것이라고 생각하고 있었다. 화해할 수 있을 거라고 믿었다.

죽은 사람에게는 산 사람이 무슨 생각을 하는지가 보이는 모양이다. 다모쓰가 다시 한번 내뱉었다.

"사과하면 끝나는 문제라고 생각했지? 정말 이기적이구나."

"아니, 그런 게……."

그렇게 대꾸하는 것이 고작이었다. 반론할 수가 없었다.

"뭐가 그런 게 아니야. 너 같은 애랑 결혼하는 게 아니었어."

최후통첩을 던지듯이 말하고는, 다모쓰는 히마리에게 등을 돌렸다. 온몸으로 히마리를 거부하고 있다.

울고 싶었지만, 히마리에게는 그럴 자격도 없다.

모두 다 그의 말대로니까.

나와 결혼만 하지 않았어도, 다모쓰가 죽을 일은 없었다. 그런 주제에 사과하면 용서받을 수 있을 거라고 철석같이 믿었다. 원망하는 것도 당연하다. 다모쓰에게는 히마리를 욕할 권리가 있다.

"네가 안 가면 내가 갈게. 다시는 만나러 오지 마. 내 생각 하는 것도 사양이야."

빠른 말투로 말하고는 다모쓰는 걷기 시작했다. 진심이다. 진심으로 저세상으로 돌아가려 하고 있다.

아직 아무 말도 못 했는데.

좀 더 이야기하고 싶은데.

다모쓰를 붙잡고 싶었지만, 목소리가 나오지 않는다. 히마리의 마음에는 바람이 불고 있었다. 폭풍우같이 격렬한 바람이 휘몰아쳐서 입을 열 수조차 없었다.

다모쓰는 식당 문 앞까지 걸어갔다. 더 이상 아무 말도 하지 않은 채, 밖으로 나가려고 문 손잡이를 잡았다. 그 순간, 갑자기 고양이가 울었다.

"냐아."

코코의 울음소리처럼 들렸다. 집에 있어야 하는 코코가 나타났나 생각했다. 다모쓰도 그렇게 생각했는지 뒤를 돌아보았다.

하지만 거기에 있는 것은 코코가 아니었다. 고양이 식당의 조그만 갈색 얼룩무늬 고양이, 꼬마가 있었다.

꼬마는 히마리의 얼굴을 보고 한 번 더 울었다.

"냐아아아."

고양이의 말은 알아들을 수 없지만, 꼬마가 무엇을 말해주려 하는지는 알 수 있었다. 돌아본 다모쓰의 얼굴을 보았기 때문이다.

붉게 충혈된 다모쓰의 눈에는 눈물이 고여 있었다. 괴로움을 참고 있는 얼굴이다. 다모쓰의 부모님이 돌아가셨을 때도, 이런 얼굴을 하고 있었다.

걱정하는 히마리를 안심시키려고 괜찮아, 아무렇지도 않아, 하고 거짓말을 했던 때의 기억이 되살아났다.

마음속에 불던 바람이 잔잔해지고, 그의 진정한 마음의 소리가 들려왔다. 히마리에게 차가운 말을 퍼부은 이유를 알았기 때문이다.

"일부러 그런 거지? 일부러 그렇게 심한 말을 해서 나에게 미움 받으려고 한 거야?"

히마리의 물음에 다모쓰는 고개를 떨궜다. 아무 대답 없이 자신의 발끝을 보고 있다. 등을 돌리려고는 하지 않았지만, 여전히 말이 없었다.

히마리는 더 이상 말하지 않았다. 다모쓰가 뭔가를 말

하려 하는 것 같았기 때문이다.

침묵이 흘렀다.

시간만이 흘러간다. 추억 밥상의 온기가 사라져간다. 죽은 사람과 만날 수 있는 시간은 음식이 식기 전까지만 이라고 블로그에 쓰여 있었다.

아무 말도 하지 않고 시간이 흐르면 다모쓰는 사라져 버린다. 이 세상에서 사라져 버린다. 진심으로 히마리에 게 화를 내고 있다면, 이렇게 가만히 있기만 하면 된다.

하지만 다모쓰는 아무 말 없이 사라지기를 선택하지 않았다. 입을 열어 히마리에게 조용히 말을 걸었다.

"나를 잊었으면 해. 나를 싫어했으면 좋겠어."

히마리는 아무 말도 하지 않았다. 어째서? 하고 되묻 지조차 않았다. 단지 묵묵히 다모쓰의 말을 들었다.

"나는 죽었지만, 히마리의 인생은 계속되니까. 나는 잊 고, 좋은 남자를 찾아서 행복하게 살았으면 좋겠어."

이 말을 하는 다모쓰의 목소리는 뜨거웠다. 그는 히마 리를 원망하기는커녕 행복을 빌어주고 있었다. 부모님 을 빨리 잃은 만큼, 가정을 꾸리는 것이 행복이라고 생각 하는 사람이니까.

자기 대신 소중히 여겨줄 누군가를 찾아야만 히마리가 행복해질 수 있다고 믿고 있는 것이다.

프러포즈 받을 때 들었던 말이 떠올랐다.

— 죽는 한이 있어도 히마리를 행복하게 해줄게.

그 약속을 지키려 하고 있다는 것을 알았다. 히마리의 행복을 진심으로 바라고 있다는 것을 알았다.

그래서 대꾸했다. 아니, 그래서 대꾸할 수밖에 없었다.

"쓸데없는 참견 하지 마."

결혼을 해서 행복해진 것이 아니다. 다모쓰를 좋아했으니까, 그런 다모쓰와 결혼했으니까 히마리는 행복해졌던 것이었다.

덜덜 떨려오는 몸을 진정시키기 위해 양손을 꼭 잡은 채, 자신의 마음을 그에게 전달했다.

"싫어. 그런 말 하는 너는 싫어. 너무 싫어."

다모쓰와 처음 만난 무렵의 기억이 떠올랐다. 고등학교의 현대문학 수업에서 "I love you"를 "달이 참 아름답네요"라고 번역했다는 작가의 이야기를 들은 기억이 있다.

사실은 그런 말을 한 적이 없다는 설도 있지만, 그 번역은 잘못되지 않았다고 생각했다. 일본인은 사랑한다는 말을 그리 쉽게 하지 않는다. 히마리 자신도 다모쓰에게 사랑한다는 말보다 '너무 싫어'라고 말한 횟수가 더 많다.

하지만 정말로 싫었던 것은 아니다. 그 말에는 언제나 'I love you'의 마음이 담겨 있었다. '너무 싫어'가 'I love you'를 의미하는 경우도 있는 것이다. 누군가를 사랑하게 되면 이해할 수 있다.

히마리는 온 마음을 담아서 죽은 남편에게 사랑의 고백을 했다. 자신의 진심을 전했다.

"너 같은 사람 진짜 싫어."

말은 중요하지만, 그것이 전부는 아니다. 말하지 않아도 전달되는 것이 있다. 입에 내지 않는 편이 더 잘 느껴질 때가 있다. 정반대의 말을 해도 전해질 때가 있다. 이때도 그랬다. 아마도, 전해졌을 것이다.

"히마리……."

사랑스럽다는 듯이 이름을 불러주었다. 지금까지 몇백 번, 몇천 번 이름을 불렸지만, 그때마다 다모쓰를 더욱 사랑하게 되었다. 언제나 이름을 불리기 전보다 더 사랑하게 된다. 좀 더, 더 많이 사랑하고 싶었다.

다모쓰의 얼굴이 바로 앞에 있다. 손을 뻗으면 닿을 것 같았지만, 아마 만질 수 없을 것이다. 다모쓰도 히마리를 만지려고는 하지 않았다. 그 대신 다정한 목소리로 말했다.

"나도 네가 진짜 싫어. 처음 만난 순간부터, 계속 싫었어. 너보다 싫은 사람은 이 세상에도, 저세상에도 없을 거야."

결국 참지 못했다.

"다모쓰……."

그이의 이름을 부르고, 끌어안으려고 손을 뻗었다. 다모쓰를 집에 데려가려고 생각한 것이다.

하지만 역시 다모쓰를 만질 수는 없었다.

히마리의 손이 닿기 전에 다모쓰는 사라져 버렸다. 더 이상 모습이 보이지 않았다. 방금 전까지 여기 있었는데, 온데간데없다.

"다모쓰, 어디야? 어디 있어?"

물으면서 그를 찾았다. 모습은 보이지 않지만, 기척이

느껴졌다. 다모쓰의 냄새가 난다. 따뜻한 공기가 거기에 있었다.

그러나 다모쓰는 대답하지 않았다. 곁에 있는데도 아무 말도 하지 않는다.

몇 초인가 침묵이 흐른 뒤, 발소리가 들렸다. 다모쓰가 걷기 시작했다. 히마리에게서 멀어져간다.

이윽고 딸랑딸랑 도어벨이 울리고, 열려 있던 문이 닫혔다.

히마리의 눈에서, 눈물이 굴러떨어졌다. 그래도 히마리는 아무 말도 하지 않았다.

테이블 위의 클램차우더에서 온기가 완전히 사라졌다. 추억 밥상이 식어버리고 말았다.

그 뒤의 일은 잘 기억나지 않는다.

어린애처럼 운 것 같기도 하고, 다모쓰의 뒤를 따라 밖으로 나가려 한 것 같기도 하다. 소중한 시간을 보냈을 텐데, 깊은 안개 속을 헤매 다닌 것처럼 기억이 흐릿하다.

그대로 멍하니 있으니 남자의 목소리가 말을 걸었다.

"녹차를 가져왔습니다."

테이블에 찻잔이 놓였다. 없어진 줄 알았던 가이가 차
를 가져다 준 것이었다.

히마리는 정신을 차리고 고개를 들었다. 창밖의 풍경
이 눈에 들어왔다. 날씨는 여전히 흐렸지만, 세계는 다시
움직이기 시작했다. 파도가 밀려오고, 괭이갈매기가 그
위를 날고 있다. 울음소리도 들린다. 추억 밥상을 먹기
전의 바로 그 세계다.

테이블 위는 이미 깨끗하게 정리되어서, 비파잼이 담
긴 병만이 덩그러니 놓여 있었다. 절반 정도가 줄어 있었
지만, 히마리가 혼자서 먹었는지도 모른다. 다모쓰의 흔
적은 어디에도 남아 있지 않았다.

꿈이라도 꾼 기분이다.

정말 꿈이었는지도 모른다.

그래.

내 입장에 유리한 꿈.

다모쓰는 히마리를 원망하고 있지 않았다. 행복을 빌
어주었다.

"감사합니다."

가이에게 감사 인사를 하고, 녹차를 마셨다. 녹차의 산

뜻한 향기가 입 안 가득 퍼져나갔다.

휴우 하고 한숨을 내쉬자 고양이의 울음소리가 발밑에서 들려왔다.

"냐앙."

조그만 갈색 얼룩무늬 고양이가 있었다. 갸우뚱 고개를 기울이고 이쪽을 보고 있다.

"고마워."

꼬마에게도 감사 인사를 했다. 꼬마가 없었다면 다모쓰에게 마음을 전할 수도 없었을 테고, 기분 좋은 꿈을 꾸는 것도 불가능했을 거라는 생각이 들었다.

"냐아."

이 식당의 명물 고양이는 대답이라도 하듯이 울더니, 안락의자로 돌아갔다. 그리고는 몸을 둥글게 말고 잠들어 버렸다. 지친 듯이 보이기도 한다.

문득 코코를 떠올렸다. 지금쯤 아무도 없는 집에서 자고 있겠지. 혼자서 외로워하고 있을지도 모른다.

정신을 차렸을 때는 이미 가이에게 질문을 하고 있었다.

"저희 집에도 고양이가 있어요. 다음에 데려와도 괜찮을까요?"

다모쓰와 만날 수는 있었지만, 상처는 아물지 않았다.
앞으로도 외롭다는 생각을 하게 될 것이다. 눈물 나는 슬
픔 속에서 혼자 살아가야만 할 테니까.

하지만 괜찮아.

분명 괜찮을 거야.

나에게는 추억이 있다. 다모쓰가 해준 말이 있고, 또
사랑받은 기억이 있다. 고통스러울 때는 고양이 식당에
오면 된다. 코코도 이 식당을 마음에 들어할 것이다.

음식점에 고양이를 데려오다니, 사실 말도 안 되는 소
리다. 하지만 가이는 거절하지 않았다. 예의 바른 말투로
대답해 주었다.

"물론입니다. 언제든지 다시 찾아주시기 바랍니다."

두 번째 사랑

검은 고양이와

오라가 덮밥

오라가 덮밥

오라가 덮밥의 '오라가'란 '우리 집의'라는 뜻이다. 상공회 산하 식문화연구회의 의뢰에 따라 각 식당에서 연구를 거듭한 끝에 그 식당만의 특성을 살린 '오라가 덮밥'이 탄생했다.

오라가 덮밥에는 꼭 지켜야 하는 규칙이 몇 가지 있다.

1. 지바현 가모가와시의 브랜드 쌀 '나가사마이'를 비롯하여, 그 지역에서 생산한 신선한 해산물과 채소를 주재료로 사용할 것.

2. 계절감을 살릴 것.

3. 건강을 고려해서 메뉴를 구성할 것.

4. 재료가 입하되지 않았다면 품절 처리를 하는 한이 있더라도 꼼수는 쓰지 말 것.[*]

* 출처: 가모가와시 홈페이지

미코시바 미나토는 스물여덟 살이 되었다. 도쿄에 온 지 10년의 세월이 흐른 셈이다.

　도쿄에 온 것은 고등학교 시절 텔레비전에 출연했던 것이 계기가 되었다. 아마추어 밴드 서바이벌 방송에서 미나토가 속한 밴드가 우승을 했던 것이다.

　그러자 그날 바로 연예기획사로부터 연락이 왔다. 일본을 대표하는 뮤지션들이 소속되어 있는, 누구나 알 만한 대형 레이블이었다.

　"재능 면에서는 너희들이 더 낫다고 본다."

　기획사 관계자에게서 이런 말을 들었다. 누구나 알 만한 뮤지션보다도 더 재능 있다는 말을 들은 것이다.

　"정말요?"

"그럼. 정말이고말고."

미나토에게 연락을 준 사람은 연예기획사에서 프로듀서로 일하고 있다는 40세의 남자였다. 유도 선수가 연상되는 건장한 체격으로, 검은색 정장을 입고 있었다. 연예계 사람이라서인지 말투는 젊은이 같았다.

"도쿄에서 승부를 내보지 않겠나?"

기회라고 생각했다. 스타가 될 수 있을 거라고 믿었다. 고등학교를 중퇴하고라도 도쿄로 가야겠다고 생각했다.

망설일 필요가 뭐 있어. 누구라도 당연히 그럴 텐데. 미나토는 그렇게 생각했지만, 부모님과 선생님의 의견은 달랐다.

"음악은 취미로 하는 편이 낫지 않겠니?"

어른들만이 아니라 반 친구들도 비슷한 말을 했다. 성공할 리 없다고, 프로 뮤지션이 되기는 힘들 거라고 입을 모았다. 그런 반응이 나오는 것도 어떻게 생각하면 당연했다. 대부분의 학생이 대학 진학을 최우선으로 생각하는 학교였으니까.

"아무것도 모르면서."

열여덟 살의 미나토는 어리석은 어른들과 반 친구들

을 안타깝게 여겼다. 종신 고용의 시대가 끝난 것도 모르고, 안정만을 찾는다고 생각했던 것이다.

시대는 변했다. 대기업에 들어간다고 안정적인 인생을 살 수는 없다. 앞으로 외국과의 경쟁은 더욱 심해질 것이다. 글로벌 시대다. 그리고 우리의 음악은 세계에서 통용될 것이다.

"내년 이맘때에는 텔레비전 앞에서 우리 노래를 듣고 있겠지."

"콘서트 때에 부르자고."

"홍백가합전*에 초대하는 걸 더 좋아하지 않을까?"

"부모님은 그렇겠지?"

"그럼 결정한 거다. 홍백가합전에 초대하자고. 친구보다는 부모님이 먼저지."

"우리 너무 효자 아니냐?"

밴드 멤버들과 함께면 무서울 게 없었다. 어려서부터

---

* 일본의 대표적인 연말 가요 프로그램으로, 인기 가수들이 대거 출연하여 홍팀과 백팀으로 나뉘어 대항전을 벌이는 형식이다. 시청률과 화제성에서 독보적인 위치를 자랑한다.

친하게 지낸 네 명이 모인 밴드인 만큼 사이도 좋았다. 뭘 해도 함께였다. 이때도 다 같이 크게 웃으며 신이 나 있었다. 부모와 교사, 친구들의 충고는 무시하기로 했다. 그들은 이미 머리가 굳었다고, 잘못 생각하고 있다고, 우리가 다 옳다고 생각했다.

이때가 미나토의 인생에서 가장 전성기였을지도 모른다. 크게 소리 내어 웃은 것도 이때가 마지막이다.

이렇게 고등학교를 중퇴하고 도쿄로 올라왔지만, 바로 데뷔할 수는 없었다.

음악업계는 불황이었고, 아무런 경력도 없는 애송이가 데뷔를 하려면 넘어야만 하는 허들이 있었다.

"우선 라이브 하우스를 관객으로 꽉 채워봐."

기획사 관계자가 말했다. 그것은 명령이었다. 속은 것은 아니다. 처음부터 들었던 이야기이고, 미나토와 멤버들도 토를 달지 않았다. 공연으로 인기를 얻어 유명해지는 편이 좋으니까.

"TV에 나왔을 때 그렇게 인기가 많았잖아. 그대로만 하면 돼."

기획사 관계자는 진심 어린 말투로 자신감을 불어넣어 주고는, 이렇게 덧붙였다.

"미나토, 네 실력을 보여줘."

미나토의 이름을 콕 집어 당부한 데는 이유가 있다. 미나토는 작사, 작곡, 기타, 그리고 보컬을 담당하고 있다. 밴드가 아니라 솔로 가수로 데뷔하지 않겠냐는 제안을 받은 적이 있을 정도다.

"너라면 혼자서도 스타가 될 수 있어."

"말씀은 감사하지만 솔로를 할 생각은 없습니다. 친구들과 밴드를 하는 데 전념하려 합니다."

멤버를 버리는 것은 남자가 할 짓이 아니다. 혼자서 성공할 생각은 없었다. 다 같이 스타가 되기 위해서 고향을 떠나온 것이다.

공연 당일, 기획사 관계자들을 모두 내보내고, 미나토는 밴드 멤버들에게 말했다.

"전설을 보여주자고!"

진부하고 작위적인 대사였지만, 미나토는 진심이었다.

"오우! 전설을 만들어보자!"

멤버들이 응답했고, 한마음이 되어 무대에 올랐다. 목

상태도 좋았고, 기합도 들어가 있었다. 분명 최고의 컨디션이었다.

그로부터 몇 시간 뒤, 전설을 만들기는 했다. 라이브 하우스가 문을 연 이래 가장 낮은 인기를 기록했던 것이다. 관객이 없지는 않았다. 기획사에서 미리 공지를 했기 때문에 좌석은 거의 만원이었다. 그러나 공연이 한 곡, 두 곡 진행되면서 점점 관객들이 나가기 시작했다.

고등학생이었기 때문에 정식 공연은 처음이었지만, 학교 축제에 섰을 때는 모두가 신나게 공연을 즐겼었다. 하지만 도쿄에서는 그것이 통하지 않았다.

무료 공연과 유료 공연은 기대치가 다르다. 고등학교 축제처럼 생각해서는 안 된다는 것을 지금은 알지만, 그때는 믿을 수 없었다. 뭔가 잘못됐을 거라고 생각하고 SNS에서 밴드를 검색해 리뷰를 몇 개 찾아냈다.

ㄴ 다 어디서 들어본 곡 같더라.

ㄴ 유즈와 코부쿠로 같은 밴드를 더해서 다섯으로 나눈 것 같은 노래. 일단 얄팍함.

ㄴ 돈 내고 들을 가치는 없다고 봐.

ㄴ, 가사도 이상한데 노래도 못하더라.

ㄴ, 듣는 내가 다 부끄러운 실력.

ㄴ, 돈 낭비, 시간 낭비.

ㄴ, 일반인이 노래방에서 불러도 이것보단 잘하겠다.

좋은 말은 하나도 없고, 악평뿐이었다. 촌티나는 밴드라고 딱 잘라 말하는 사람도 있었다.

솔직히 말하면 TV 프로그램에 나가서 좋은 평가를 받았을 때도 부정적인 의견은 있었다. "고교생이라는 것이 최대의 가치", "보컬의 얼굴과 목소리만 봐줄 만한 밴드"라고. 밴드로서는 밸런스가 나쁘다는 의견도 있었다.

충격을 받기는 했지만 미나토는 주눅 들지 않았다.

"이렇게 나온다 그거지? 다시 생각하게 만들어주겠어."

남은 기력을 쥐어짜고, 산산조각 난 용기를 어떻게든 긁어모아 거의 매주 공연을 했다.

하지만 대부분 잘 풀리지 않았다. 기력도 용기도 통용되지 않았다.

공연을 할 때마다 관객이 줄고, 공연장도 작아졌다. 마지막에는 SNS에 악평을 쓰는 사람마저도 없어졌다.

1년 정도 지났을 무렵, 기획사 관계자가 말했다.

"슬슬 다른 길을 생각하는 게 좋겠다."

"다른 길이라뇨?"

되묻자 그는 어깨를 으쓱이며 대답했다.

"글쎄다."

그것이 마지막이었다. 그날 이후로 연락이 끊어졌다. 전화를 걸어도, 회사에 찾아가도, 연결이 되지 않았다.

버림받았다는 것을 알았지만, 포기하지 않았다. 계속 음악에 매달렸다. 아르바이트를 하면서 공연을 하고, 유튜브에 노래를 올렸다.

하지만 아무도 주목하지 않았다. 공연 티켓은 팔리지 않았고, 유튜브의 재생 횟수는 세 자릿수에도 미치지 못했다. 일반인이 올린 노래방 영상보다도 조회수가 낮았다. SNS를 시작해도 팔로우하는 사람이 없었다.

이럴 리 없다.

당연히 스타가 되었어야 했다.

더 어린 친구들이 매달 새로 데뷔한다. 연일 인터넷상에서 화제가 되고 SNS에서 인기를 얻는다. 추월당한 기분이 들었지만, 인기를 얻은 그들은 미나토와 멤버들을 알지도 못할 것이다.

온라인상에서 욕을 먹던 때가 지금보다 차라리 나았다는 것을 뼈저리게 느꼈다. 이렇게나 많은 사람이 있는데, 그 누구도 미나토의 밴드가 만드는 음악에 흥미를 보이지 않았다. 미나토의 밴드는 이 세상에 존재하지 않는 것이나 다름없었다.

상경하고 5년이 지날 무렵이 되자 공연은커녕 멤버끼리 잘 모이지도 않게 되었다. 연습하자고 말을 걸어도 아르바이트가 있어서 안 된다며 거절당했다. 미나토는 혼자서 곡을 만들고, 이웃집에서 항의가 들어올까 걱정하며 작은 소리로 노래를 불렀다.

그러던 어느 날, 밴드 멤버들이 미나토의 집에 찾아왔다. 다들 악기는 가지고 있지 않았다. 방으로 들어오지도 않은 채 현관에서 이렇게 말했다.

"미안하지만 난 이제 빠질게."

"나도 여기까진 것 같아. 이제 혼자 해라. 너라면 혼자서도 해낼 수 있을 거야."

"맞아. 미나토 혼자인 편이 나아. 우리가 발목을 잡고 있었어."

멤버들끼리 미리 이야기를 나눴을 것이다. 미나토에게 한 말은 의논이 아니라 통보였다. 그만두기로 이미 결심하고 온 것이다.

미안하다고 말하면서도 모두의 얼굴에는 인생을 낭비했다는 말이 쓰여 있었다. 음악 같은 거 하지 않았더라면 좋았을 텐데,라고 말하고 있었다.

"그렇구나. 알았어."

그렇게 말하는 것이 고작이었다. 멤버들을 책망할 권리는 없다. 이제까지 5년간, 계속 암흑 속에서 발버둥쳤을 뿐이었으니까.

밤이 지나면 반드시 아침이 온다고들 한다. 하지만 날이 밝기 전에 생명이 다할 수도 있다. 다시는 회복하지 못할 지경으로 망가져 버릴 수도 있다. 그러니 빛을 찾아 다른 세계로 향하는 것도 당연하다. 미나토의 내면도 다른 세계에서 빛을 찾고 싶은 마음이 분명 있었다.

때때로 고교 시절의 반 친구들을 생각했다. 대학을 졸업하고 취직한 친구도 있을 것이고, 결혼한 친구도 있을 것이다.

그렇게 우습게 봤던 평범한 삶이 부럽다는 생각이 들

때가 있다. 음악을 하지 않았을 때의 인생을 몇 번이고 상상했다. 지금쯤이면 결혼해서 아이가 있을지도 모른다. 상상한다고 어떻게 할 수 있는 것은 아니지만, 그래도 생각해 보게 된다.

멤버들의 마지막 만남은 그렇게 어이없이 끝났다.

"이만 가볼게."

"그럼 잘 있어."

"힘내라."

누구 하나 또 보자는 말은 하지 않았다. 미나토도 하지 않았다. 거기 있는 모두가, 해서는 안 되는 말이라는 것을 알고 있었다.

이렇게 멤버들은 떠나고, 미나토는 혼자 남았다. 데뷔도 해보지 못한 채, 밴드는 사라졌다.

멤버들은 고향으로 돌아갔지만, 미나토는 도쿄에 남았다. 노래를 그만두고 싶지 않았다. 꿈을 포기하지 못하고 있었다.

최근 몇 년 동안 시대는 크게 변했다. 인터넷의 영향력이 커지면서, 누구나 관심만 받으면 돈을 벌 수 있게 되었다. 나이도 학력도 배경도 중요하지 않다. 유튜브에서 인기를 모아 큰 돈을 버는 아마추어도 드물지 않았다.

하지만 그렇다고 모두가 인터넷상에서 잘나가는 것은 아니다. 미나토도 동영상을 올리고 있지만, 돈벌이가 되지는 않았다. 전보다 경쟁이 심해진 탓도 있겠지만 밴드로 영상을 올릴 때보다도 재생 횟수가 더 줄었다.

최근에는 영상을 올릴 때마다 가슴이 답답해진다.

너에게는 재능이 없어.

아무도 널 필요로 하지 않아.

귀를 막아도 이런 목소리가 들려왔다. 그것은 다른 누구도 아닌 자신의 목소리였다. 그 목소리로부터 도망치고 싶은 마음에 영상을 올리는 빈도가 조금씩 줄어들었다. 더 이상 두 자릿수 재생 횟수를 보고 싶지 않았다.

그래도 노래를 그만두지는 않았다. 이제 미나토에게는 스튜디오를 빌릴 돈도 없다. 그래서 공원이나 길거리에서 기타를 치면서 노래를 했다. 하지만 아무 데서나 노래를 부를 수 있는 것도 아니다.

장소를 잘못 고르면 근처 주민에게서 신고가 들어온다. 불량배나 폭력단과 관련된 사람들에게 시비가 걸리는 경우도 있다.

낮이라도 노래할 수 있는 장소는 그다지 많지 않다. 최근 미나토가 가는 곳은 거의 정해져 있는데, 대형 학원 뒤편에 있는 공원이다.

거주 지역과도 떨어져 있고, 주위에 가게나 회사도 없다. 다만 근처에 극단이 있는지 발성 연습을 하는 사람이 가끔 보인다. 소리를 내도 허용되는 장소인 듯하다.

실제로 기타를 치면서 노래를 불러도 항의를 들은 적은 없었고, 이곳을 근거지로 하고 있는 듯한 검은 고양이가 귀찮은 얼굴을 하는 정도다.

이날도 아침부터 공원에 갔다. 역시나 아무도 없다. 평일 낮이라서인지 극단원도 보이지 않았다.

하지만 검은 고양이는 있었다. 벤치에서 몸을 둥글게 말고 있다가, 미나토가 가까이 다가가자 얼굴을 들고 이쪽을 보았다.

"냐아아."

인사라도 하는 듯한 울음소리다. 키우는 사람이 있는 지, 아니면 담이 클 뿐인지는 모르지만 사람을 잘 따라서 미나토가 가까이 다가가도 태연했다.

짐을 내려놓을 장소가 있는 편이 편리하기 때문에 검은 고양이가 있는 벤치 근처에서 노래할 준비를 시작했다. 검은 고양이는 가만히 이쪽을 보고 있다. 흥미를 보인다기보다는 그저 보고만 있다는 느낌이다.

미나토는 검은 고양이에게 말을 걸었다.

"오늘은 무슨 노래를 듣고 싶니?"

항상 하는 질문이다. 지금의 미나토에게는 이 검은 고양이가 유일한 관객이니까.

"냐아."

검은 고양이가 귀찮다는 듯이 울었다. 신청곡을 말하는 것 같기도 했지만, 고양이의 언어는 알지 못한다. 항상 그러듯이 멋대로 해석했다.

"'예스터데이 원스 모어'를 듣고 싶다고?"

1973년에 발표된 카펜터즈의 히트곡이다. 예전에는 별생각 없었지만, 스물다섯을 지나면서부터 좋아하게 되었다. 과거를 그리워하고 있을 뿐 아니라, 노래에 대한 애정이 넘치는 곡이다.

직접 작곡한 노래도 있지만, 명곡을 커버해서 부를 때도 많다. 특히 오늘은 이 곡을 부르고 싶은 기분이었다.

"그거면 되겠어?"

다시 한번 확인했지만, 검은 고양이는 대답이 없다. 다시 벤치에서 몸을 동그랗게 말고는 조용히 숨소리를 내기 시작했다. 잠이 든 모양이다. 고양이에게는 고양이 나름의 애환이 있을 테니까, 지쳤는지도 모른다.

잠을 방해하지 않도록 신경 쓰며 연주를 시작했다. 검은 고양이의 상태를 살피면서 기타를 치며 노래를 불렀다. 영어 가사는 일본어보다도 멜로디를 돋보이게 해주는 느낌이다.

검은 고양이를 신경 쓰는 것도 노래를 시작하고 몇 초 정도뿐이었다. 고양이에 대해서는 곧 잊어버렸다. 이 곡을 노래할 때면 항상 주위가 보이지 않게 된다. 잘 풀리지 않는 자신의 인생을 되돌아보게 되는 것이다.

고등학교 시절 멤버들과 함께 노래하던 기억이 떠올랐다. 그 무렵에는 모든 것이 다 잘 굴러가고 있었고, 마냥 즐거웠다. 아무 의심 없이 무조건 성공할 거라고 믿었다. 미래에 대해 희망을 품고 있었다.

어른이 되면서 톱니바퀴가 어긋났다. 즐거움은 사라지고, 성공을 믿는 것도 불가능해졌다. 장래에 대해서는 생각하고 싶지 않았다. 분명 눈앞에 있을 것 같았던 성공은 만져보지도 못한 채, 10년이라는 세월이 흘렀다. 음악으로 수입을 얻는 일 없이, 아르바이트만 몇 개씩 하면서 생활하고 있다.

스물여덟이 되었지만, 꿈은 여전히 멀기만 하다. 꿈을 이루지 못한 채 혼자가 되어버렸다.

그렇게 생각한 순간, 눈물이 쏟아지려 했다. 자신의 처지가 너무나 서글픈 나머지 눈물이 날 뻔했다.

하지만 울어서는 안 된다. 누가 보고 있지 않더라도, 이런 곳에서 울어서는 안 된다. 그 정도의 의지는 남아 있다.

미나토는 눈을 꼭 감고 '예스터데이 원스 모어'를 끝까지 노래했다. 어둠 속에서 끝까지 기타를 쳤다.

노래가 끝난 뒤에도 눈을 뜨지 않았다. 곡이 다 끝나고도 계속 기타를 연주했다.

이윽고 기타를 치던 손을 멈췄다. 멜로디가 어둠 속으

로 스며들어 사라졌다. ……그 순간의 일이다.

짝짝짝짝.

박수 소리가 들렸다.

당황해서 눈을 뜨자 긴 머리카락의 한 여성이 검은 고양이 옆에 서서 박수를 치고 있었다. 자신과 비슷한 나이로 보이는 여자가 미나토의 노래를 듣고 있었던 것이다. 게다가 꽤 한참 전부터 듣고 있었던 모양이다.

사람이 온 것도 눈치채지 못했다.

놀라기는 했지만, 싫은 기분은 아니었다. 박수를 받은 것은 오랜만이었다. 제대로 된 박수는 상경하고서 처음일지도 모른다.

미나토는 긴 머리의 여성 관객에게 고개 숙여 인사했다.

"들어주셔서 감사합니다."

그러자 어느새 눈을 뜬 검은 고양이가 냐아, 하고 대답하듯이 울었다. 인사를 받았다고 생각한 모양이다.

음악은 때로 사람과 사람의 거리를 가깝게 만들어 준다. 미나토와 그 여성 관객은 어느 쪽이 먼저랄 것도 없이, 벤치에 나란히 앉아서 이야기를 나누기 시작했다.

미도리야 리코라고 그녀가 본인의 이름을 말했다. 미나토보다 두 살 아래인 스물여섯 살이었다. 물어보지도 않았는데 나이를 말하고서는 농담 섞인 말투로 이렇게 덧붙였다.

"안 팔리고 남은 크리스마크 케이크예요."

"응? 케이크? 무슨 뜻이야?"

"몰라요?"

"응."

"여자의 결혼 적령기를 크리스마스 케이크에 빗댄 말이에요."

"결혼 적령기?"

되물었더니 리코가 설명해 주었다. 버블경제 시대라 불리던 1980년대 후반 무렵에 유행하던 말로, 여자는 스물다섯이 넘으면 수요가 사라진다고 하는 의미다. 12월 25일이 지나면 크리스마스 케이크가 반액 할인으로 팔리는 것에 빗댄 표현일 것이다.

"무슨, 말도 안 되는 소리를."

저도 모르게 대꾸했다. 여성을 비하하는 말이라서 불쾌하게 생각한 것은 아니다. 마치 사람들이 자신에 대해 말하는 듯한 기분이 들었던 것이다.

화가 날 때가 차라리 나았다. 바로 기분이 침울해져서 약한 소리가 새어 나왔다.

"그러면 나는 버려진 크리스마스 케이크겠네."

가수로서의 유통기한은 진작에 지나갔다. 기획사에도, 밴드 멤버들에게도 버림받았다. 유튜브에 영상을 올려도 아무도 봐주지 않는다. 그런 주제에 쓰레기통에 끈질기게 들러붙은 케이크처럼 노래에 매달리고 있다.

"노래를 불러도, 아무도 들어주지 않으니까."

농담처럼 말했지만, 어디까지나 사실이다.

아무도 미나토의 노래를 필요로 하지 않는다.

"그렇지 않아요."

리코가 말했다. 위로해 주려는 거라고 생각하니 더욱 초라해지는 기분이었다.

"쓸데없는 소리를 해버렸네. 신경 쓰지 마."

미나토는 화제를 바꾸려고 했지만, 그녀는 고개를 저었다.

"아무도 들어주지 않는다니, 그렇지 않아요."

오해를 바로잡는다는 듯한 말투다. 그런 말을 듣다니,

뜻밖이었다.

방금 만났을 뿐인데, 미나토에 대해 알지도 못하면서 어떻게 단언할 수 있는 걸까? 적당히 듣기 좋은 말을 해 주려는 것으로밖에 보이지 않는다.

의심스럽다는 듯이 리코를 바라보자, 그녀는 여전히 진지한 얼굴로 대답했다.

"여기에 팬이 둘이나 있잖아요."

그중 한 명이 누구인지는 뻔했다.

하지만 여기에 있는 것은 리코 한 사람뿐이다.

"둘이라고?"

"그래요."

리코는 고개를 끄덕이더니, 벤치에 웅크리고 앉아 있는 검은 고양이를 가리켰다.

"팬 1호와 2호예요."

다만 어느 쪽이 1호인지는 말하지 않았다.

정신을 차렸을 때는 이미 리코를 좋아하고 있었다. 미나토의 노래를 칭찬해 주었기 때문일 수도 있고, 리코의 온화함에 끌렸기 때문일 수도 있다. 그리고 외톨이로 지내는 것에 지쳐 있어서였는지도 모른다.

"저는 '예스터데이 원스 모어'를 좋아해요."

리코가 말을 꺼냈다. 젊은 사람이 특이하다고 생각했다.

"하지만 좀 슬픈 기분이 들기도 해요. 제 인생을 돌아보게 되니까요."

그렇게 말하는 리코의 눈에 눈물이 그렁그렁 했다. 미나토와 똑같다. 같은 마음으로 노래를 듣고 있었던 것이다.

"나와 사귀지 않을래?"

깨달았을 때는 이미 말을 뱉은 뒤였다. 리코는 어안이 벙벙해서 무슨 말인지 이해가 안 된다는 얼굴로 되물었다.

"사귀다뇨?"

"내 애인이 되어줘."

오해하지 않도록 확실히 마음을 전했다. 통성명을 한지 아직 30분도 지나지 않았다. 너무 갑작스럽다는 것은 알고 있었지만, 리코가 어디에 사는지를 모르니 지금 헤어지면 두번 다시 만나지 못할지도 모른다.

"애인이요?"

"그래. 내 여자 친구가 됐으면 좋겠고, 나도 너의 남자 친구가 되고 싶어."

다시 한번 쐐기를 박듯이 말했지만, 리코의 대답을 바로 듣지는 못했다. 리코는 어려운 수학 문제를 두고 고민하는 어린아이 같은 얼굴로 생각에 잠겼다가, 3분은 족히 지나서야 이렇게 물었다.

"항상 이런 식으로 여자한테 접근해요?"

"어?"

"이게 헌팅인가 싶어서요."

"그럴 리가."

미나토는 당황해서 고개를 저었다. 밴드를 하고 있다고 하면 방탕하다고 생각하는 경우가 많지만, 팔리지 않는 뮤지션에게 그런 여유는 없다. 또 그러고 싶지도 않았다.

"나는 진심이야."

코웃음 칠 법한 대사지만, 미나토는 진지했다. 진심으로 리코와 사귀고 싶었고, 리코가 자신의 곁에 있어주었으면 했다.

"진지하게 생각해 줬으면 좋겠어."

"네. 고민해 볼게요."

리코는 솔직하게 말하더니 다시 생각에 잠겼다. 체격이 작고 동안이라서인지 숙제를 고민하는 어린이처럼 보였다. 미나토는 더 이상 아무 말도 하지 않고 대답을 기다리기로 했다.

공원은 여전히 고요하다. 아무도 오지 않고, 자동차나 오토바이 소리도 들리지 않는다. 비행기도 날지 않는다. 이 세상에 미나토와 리코와 검은 고양이밖에 없는 것 같았다. 나쁘지 않은 기분이다.

어느 정도 시간이 흘렀을까? 리코가 드디어 입을 열었다.

"저, 집안일을 도우면서 지내고 있어요."

의외의 대답이었다. 무슨 뜻으로 하는 말인지 이해가 되지 않았다. 미나토가 당황하는 기색을 보이자, 리코가 이어서 말했다.

"부모님 밑에서 더부살이를 하고 있거든요."

"응?"

"그러니까 제 맘대로 결정을 내리는 건 부모님께 죄송하기도 하고……."

"……그렇구나."

대답에 한숨이 섞인 것은 교제할 생각이 없다는 뜻으로 이해했기 때문이다. 부모님을 이유로 거절하는 것은 흔한 일이니까. 어쨌든 차이고 말았다.

실망은 했지만, 질척거릴 생각은 없었다. 그렇게까지 못난 남자이고 싶지 않았다. 기타를 정리해서 돌아가려는데, 리코가 다시 의외의 말을 했다.

"그러니까 저와 사귀고 싶으면 직접 만나서 얘기해 주세요."

"직접?"

"부모님께 말이에요."

"그러니까, 그 말은 즉……."

머릿속에서 이야기를 정리하면서 미나토가 되물었다.

"그러니까 리코의 부모님을 만나서 교제 허가를 받으라는 뜻이야?"

"싫어요?"

질문을 받고 이번에는 미나토가 고민에 빠졌다. 청혼을 한 것도 아닌데, 부모님을 만나러 간다니. 너무 일이 커진다고 생각한 것은 사실이지만, 신기하게도 싫다는 기분이 들지 않았다. 미나토는 솔직히 대답했다.

"아니, 싫지 않아."

사흘 뒤, 미나토는 리코의 집으로 향했다. 리코가 주소를 알려줘서 자신의 집에서 걸어가기로 했다.

약속 시간에 늦지 않게 집을 나선 것은 좋았으나, 미나토의 발걸음은 무거웠다.

"문전박대나 당하지 않을까 몰라······."

걸으면서 중얼거렸다. 뮤지션이라고 생각하며 살고 있지만, 음악으로 버는 돈은 한 푼도 없다. 고교 중퇴에, 아르바이트를 전전하며 생활하고 있다. 눈에 빤히 보이는 지뢰다. 딸의 교제 상대로서는 최악의 부류일 것이다. 자신이 부모라 해도 반대할 것이 틀림없다.

"그냥 돌아갈까."

그렇게 혼잣말도 했지만, 가겠다고 한 이상 도망칠 수 없다. 리코와 사귀고 싶은 것도 사실이니까.

"그럼 가는 수밖에 없지."

욕먹을 각오로 집 앞까지 갔더니, 50세 전후의 나이로 보이는 남녀가 문 앞에서 기다리고 있었다. 미나토가 이상하게 생각하기도 전에 남자가 먼저 말을 걸어왔다.

"미코시바 미나토 씨지요? 딸에게 얘기는 들었습니다. 잘 왔어요. 리코의 아빠와 엄마입니다."

친절하게 웃으며 자기소개를 하는 모습에서 적의는 찾아볼 수 없다. 문전박대는커녕 미나토를 환영하는 것처럼 보였다.

"처…… 처음 뵙겠습니다."

어찌어찌 인사를 끝냈다. 리코의 부모님은 미나토의 서툰 인사말을 미소 지으며 들어주었다.

집도 평범한 단독주택으로, 과시하는 느낌은 조금도 없었다. 스스럼 없이 편한 분위기가 느껴졌다.

다만, 리코의 모습이 보이지 않았다. 어디 있는 걸까 생각하고 있는데 미나토의 기분을 읽었는지 리코의 아버지가 말했다.

"딸은 안에 있어요. 좁은 집이지만 들어갈까요?"

"그럼 실례하겠습니다."

권유에 따라 현관에 들어섰다. 구석구석 잘 청소된 편안한 집이었다. 희미하게 소독약 냄새가 난 것은 미나토를 맞이하기 위해 청소를 했기 때문인지도 모른다.

"이쪽으로 앉아요."

안내된 곳은 제법 넓은 거실이었다. 리코는 거기에서 테이블 위에 요리를 늘어놓고 있었다.

"정말로 왔네요."

리코가 미나토의 얼굴을 보고 눈을 동그랗게 떴다. 약속을 어길 거라고 생각하기라도 한 걸까?

"그럼, 당연하지."

미나토가 대답하자 기쁜 듯이 웃고는, 자랑스럽게 말했다.

"내가 만들었어요. 굉장하죠?"

테이블 위의 요리를 말하는 모양이다. 수많은 접시가 올라와 있었다.

"그냥 집에서 해 먹는 요리잖니."

어머니가 딸을 나무랐다. 가정식 요리가 많은 것은 사실이다. 고기감자 조림, 가라아게*, 고로케**, 감자 샐러

---

* 닭고기에 밑간을 한 뒤 튀김옷 없이 녹말가루만 얇게 입혀 튀겨낸 요리.
** 쪄서 으깬 감자에 고기와 다양한 채소를 다져 넣고 빵가루를 입혀 튀겨낸 요리.

드, 오이와 미역 초무침 등이 올라와 있었고, 그 외에도 해산물이 올라간 덮밥이 있었다.

"그치만 저, 가정적인 건 맞잖아요."

리코가 어머니에게 대꾸했다. 능청스럽게 대꾸하는 것은 그녀의 타고난 성격인 모양이다. 공원에서 미나토를 만났을 때와 똑같은 태도로 이야기하고 있다.

"미코시바 씨는 내버려두고 둘이서 무슨 얘길 하고 있어."

아버지가 웃으면서 말했다. 그리고 미나토에게 자리를 권했다.

"자, 앉아요."

"감사합니다."

자리에 앉아서 배에 힘을 주었다. 무엇을 위해서 여기 왔는지 잊지 않았다. 식사를 시작하기 전에 본론으로 들어가려 한 것이다.

— 리코 씨와의 교제를 허락해 주십시오.

그렇게 말하려 했지만, 리코가 더 빨랐다.

"저, 미나토 씨와 사귀려고 해요."

끼어들 틈이 없었다. 이미 이야기를 다 해둔 모양이다.

부모님은 질문 하나 없이 시원스레 인정해 주었다.

"네가 원하는 대로 하렴."

"우리 딸을 잘 부탁해요."

부부가 함께 머리를 숙였다. 예상이 빗나가 한 방 먹은 기분이었지만, 반대하는 것보다는 훨씬 낫다.

미나토는 자리에서 일어나 두 사람보다 더 깊이 머리를 숙였다.

"저야말로 잘 부탁드립니다."

그러자 리코가 웃음을 터뜨렸다. 재미있는 것이라도 본 양 웃고 있다.

"응? 내가 뭐 이상한 말을 했나?"

미나토가 묻자 리코가 웃음기를 지우고 진지한 얼굴로 대답했다.

"결혼할 때의 느낌이 이런 걸까 싶어서요."

"그건 그래."

그 말대로라고 생각하며 고개를 끄덕였다. 그 대화가 우스웠는지 리코의 부모님도 웃음을 터뜨렸다.

이때 미나토는 두 사람의 눈이 촉촉히 젖어든 것을 눈치채지 못했다.

교제를 인정받은 것은 잘된 일이지만, 사귀는 사이에 할 법한 일은 아무것도 하지 못했다. 먹고살기 위해서 아르바이트를 여러 건 하다 보니 데이트를 할 시간도, 돈도 없었다.

스스로가 한심했지만, 허세 부리지 않고 솔직하게 사과했다.

"정말 미안해."

"괜찮아요. 대신 미나토 씨의 노래를 들려줘요."

"노래?"

"응. 그때 그 공원에서 다시 노래를 듣고 싶어요."

"혹시 날 배려해 주는 거야?"

"그렇게 보여요?"

"아니."

리코는 정말로 노래를 듣고 싶어 하는 것처럼 보였다.

"나는 미나토 씨의 노래가 좋아요. 진짜 팬이라니까요."

"저런, 황송해서 어쩌나."

우스개처럼 말했지만, 실은 기뻤다. 미나토도 리코가 자신의 노래를 들어주기를 바랐다. 그녀를 위해서 노래하고 싶었다.

이렇게 해서 두 사람은 공원에서 만나게 되었다. 아르바이트 틈틈이 짬을 내서 공원을 찾았다.

공원에는 여전히 검은 고양이가 있었다. 처음 만난 날과 똑같이, 미나토는 검은 고양이가 있는 벤치 앞에서 노래했다.

노래가 잘되지 않는 날도 있었지만, 리코는 언제나 박수를 보냈다. 몇 번이나, 몇 번이나, 미나토의 노래를 좋아한다고 말해주었다.

다만 처음 만난 날과 달라진 것이 있다. 미나토가 노래하기 전에 리코는 꼭 이렇게 물었다.

"스마트폰으로 녹음해도 돼요?"

"상관없지만……. 굳이 녹음까지 하려고?"

"네."

리코는 고개를 끄덕이며 혼잣말처럼 중얼거렸다.

"슬픈 일이 있을 때 언제든지 들을 수 있으니까."

"그렇게 대단한 노래는 아니야."

쑥스러워져서 그렇게 말하자, 리코는 진지한 얼굴로 대꾸했다.

"저한테는 대단한 노래예요."

그런 대화를 주고받을 때마다 리코에게 하고 싶은 말이 쏟아져 나오려 했다.

녹음하지 않아도 돼.

내가 네 옆에서 언제까지고 불러줄 테니까.

외톨이로 지내며 쓸쓸했던 탓도 있을 것이다. 만난 지 얼마 되지 않았지만 리코와 결혼하고 싶다는 마음이 들었다. 당장이라도 프러포즈를 하고 싶었다.

하지만 미나토에게는 돈이 없다. 혼자서 생활하기에도 벅찬데, 둘이서 살 수 있을 리 없다.

가수가 되는 걸 포기할까?

몇 번이나 그렇게 생각했다. 음악은 취미로 하면 된다. 열심히 일해서 리코와 가정을 꾸리고, 노래는 쉬는 날 하면 된다.

노래하면서 나이를 먹어가는 자신의 모습이 떠올랐다. 옆에는 리코가 있다. 리코는 미나토의 노래를 듣고 있다. 노래가 끝나면 박수를 보낸다.

나이를 먹는 것이 무섭고, 미래를 생각하면 항상 두렵기만 했다. 지금도 물론 두렵다. 하지만 리코와 함께라면 웃으며 살아갈 수 있을 것 같다. 분명 행복해질 수 있을 것이다.

사람은 행복해지고 싶어서 살아간다. 미나토 역시 마찬가지다. 이제 외톨이로 지내고 싶지 않았다. 그녀와 함께 웃고 싶었다.

리코에게는 비밀로 하고 정사원이 될 수 있는 일자리를 찾기 시작했다. 쉽지 않을 거라고 생각했지만, 어디든 일손이 부족한 업계는 있는 법이다. 아르바이트로 일하던 회사의 윗사람으로부터 정사원으로 일하지 않겠냐는 제안을 받았다.

아버지와 나이가 비슷한 분이라 계속 미나토에게 마음을 써주셨던 모양이다. 나는 외톨이가 아니었구나. 그렇게 생각했다. 리코 덕분에 그런 생각을 할 수 있게 되었다.

잘 부탁드린다며 머리를 숙이고, 새해부터 정사원으로 일하기로 했다. 대우도 미리 알려주었다. 기본급은 낮았지만, 대신 잔업 수당이 괜찮았다. 아침부터 밤까지 일하면 둘이서 생활할 수 있을 것 같았다.

자신의 결심을 알리려고 미나토는 공원으로 향했다. 만난 지 한 달밖에 지나지 않았지만 리코에게 청혼할 생각이었다.

빨리 가고 싶었지만, 아르바이트가 있어서 아슬아슬한 시간이 되어버렸다. 리코는 항상 약속 시간보다 일찍 온다. 미리 와서 미나토를 기다리고 있을 줄 알았는데, 공원에 리코의 모습은 보이지 않았다.

"웬일이지?"

저도 모르게 이렇게 말했다. 그뿐 아니라 웬일로 검은 고양이도 보이지 않는다. 이상하게 쓸쓸한 기분이 들었다.

일단 메시지를 보냈지만, 읽음 표시가 뜨지 않는다. 공원으로 오고 있는 중일까?

— 늦잠을 자버렸지 뭐예요. 미안해요.

사과하는 모습이 떠오른다. 리코는 게으르지는 않지만, 어딘가 야무지지 못한 구석이 있었다. 프러포즈하려는 날에 늦잠이라니 리코답다.

"이렇게 말하면 화내려나?"

자신의 상상에 웃음이 나왔다. 미나토는 노래하면서 기다리기로 했다. 최근에는 첫 곡으로 항상 이 노래를 부른다. '예스터데이 원스 모어'다. 직접 연주하면서 부를 생각으로 오늘도 기타를 가져왔다.

리코와 처음 만난 날에도 이 노래를 불렀다. 그때는 잘 풀리지 않는 자신의 인생을 생각하면서 노래했지만, 지금 미나토의 머릿속에는 리코와의 행복한 미래가 떠오르고 있다. 언젠가 오늘의 일을 떠올리면서 노래하는 날이 올 거라고도 생각했다.

'예스터데이 원스 모어'를 끝까지 부른 뒤, 그대로 쉬지 않고 몇 곡을 이어서 불렀다. 약속 시간으로부터 30분이 지났는데 그녀는 아직 오지 않는다. 아무런 연락도 없었다.

아무리 그래도 너무 늦다. 미나토는 리코의 스마트폰으로 전화를 걸었다. 하지만 전원이 꺼져 있었다.

"어디 있는 거지?"

중얼거린 목소리에 불안이 번졌다. 리코의 집에도 전화를 걸었지만, 아무도 받지 않았다. 행복에 젖어 있던 기분이 어느새 사라졌다. 한기와도 비슷한 불길한 예감이 미나토를 덮쳤다.

가만히 있을 수가 없어서 미나토는 달리기 시작했다. 기타를 메고 리코의 집으로 향했다. 달려가면 10분도 안 걸리는 거리인데, 그렇게 멀 수가 없었다.

간신히 리코의 집에 다다랐다. 필사적으로 달린 탓에 숨이 차서 괴로웠지만, 아랑곳 않고 벨을 눌렀다.

하지만 반응이 없었다.

고요하기만 하다.

아무도 없는 것 같았다.

"무슨 일이야 대체……."

입에서 새어나온 목소리는 들리지 않을 정도로 작았다. 한동안 앞에 서서 기다렸지만, 집은 여전히 고요했다.

어쩔 수 없이 혼자 사는 아파트로 돌아갔다. 잠들지 못한 채 방구석에서 몇 시간을 그대로 앉아 있었다.

리코로부터 짧은 문자가 온 것은 그날 밤의 일이다.

잘 있어요.

즐거웠어요.

다른 말은 없다. 서둘러 다시 전화를 걸었지만, 역시 전원이 끊겨 있었다. 목소리조차 듣지 못했다.

리코가 자신에게 무슨 말을 하려고 했는지는 이제 겨우 말을 뗀 어린애라도 알 수 있을 것이다. 버림받은 것이다. 둘이서 함께 살아갈 미래를 상상하며 결혼하고 싶다고 생각한 것은 미나토 혼자뿐이었던 것이다.

화도 나지 않았다. 그저 납득했다. 역시 나는 쓰레기통에 버려진 크리스마스 케이크였다고.

결국 행복해지지 못했다.

무슨 일이 일어나든 시간의 흐름은 멈추지 않는다.

더 이상 기타를 치지 않았다. 노래도 그만두었다. 정사원으로 일하기로 했던 것도 거절하고, 먹고 살기 위해 최저한의 아르바이트를 하는 것 외에는 넋을 놓고 살았다. 꿈도 희망도 없이, 되는 대로 살아갔다.

그러다 보니 12월이 되었다. 리코가 없어진 뒤 벌써 3개월이 흘렀다.

그날, 미나토는 딱히 일정도 없이 아침 일찍부터 깨어 있었다. 깨어 있고 싶지 않았지만, 그렇다고 잠들어 있는 것도 불가능한 상태였다. 리코와 헤어지고 난 이후 계속 이런 꼴이다.

아침 식사를 할 마음도 들지 않아서 그저 뒹굴고 있는데, 스마트폰이 울렸다. 전화다. 한참을 그냥 내버려두었지만, 멈추지 않고 울렸다.

"시끄럽네 진짜……."

무기력하게 중얼거리고서, 느릿느릿 스마트폰을 보았다. 그 순간, 심장이 튀어나올 뻔했다.

미도리야 리코.

리코에게서 전화가 걸려 왔다. 주소록에서 그녀의 번호를 지우지 않고 있었다.

갑자기 산소가 희박해졌다.

숨쉬기가 힘들다.

미나토는 리코를 잊지 못하고 있었다. 짧은 문자 한 통으로 이별을 통보 받고서도, 그녀의 전화를 무시할 수가 없었다.

"……네."

전화를 받은 목소리가 잠겨 있었다. 갑자기 사라진 이유를 묻고 싶었지만, 정작 전화가 걸려 오자 아무래도 상관없다는 생각이 들었다. 그저 기뻤다. 리코와 이야기를 할 수 있다. 머릿속에 있는 것은 그 생각뿐이었다.

하지만 들려온 것은 리코의 목소리가 아니었다.

"여보세요."

스마트폰 저편에서 한 남자의 목소리가 들렸다. 미나토는 당황했다. 분명 리코의 전화번호인데, 어떻게 된 일일까.

누구냐고 되묻지도 못하고 있는 사이에 상대방이 이름을 밝혔다.

"미도리야입니다. 리코의 애비됩니다. 미코시바 씨 맞습니까?"

기억이 되살아났다. 만난 적은 한 번뿐이지만, 분명 리코의 아버지 목소리다.

미나토가 대답을 못하고 있었더니, 확인하듯이 다시 이름을 불렀다.

"미코시바 씨?"

"아…… 예. 듣고 있습니다."

그렇게 대답하자 리코의 아버지는 안심한 듯이 이야기를 시작했다.

"갑자기 전화를 걸어서 미안합니다."

"아닙니다……."

"미코시바 씨에게 부탁이 있어서 전화를 드렸습니다."

"저에게요?"

"네."

"무슨 일인가요?"

무슨 말인지 이해가 가지 않아 반문했다. 스마트폰 저편의 목소리가 부탁을 말했다.

"딸애를 만나줄 수 없겠습니까?"

점점 더 당황스러웠다. 이해할 수가 없었다. 차인 것은 내 쪽인데, 만나줄 수 없겠냐고 부탁을 하다니.

"댁으로 찾아뵈면 되겠습니까?"

일단은 이야기를 들어보자는 생각으로 말했다. 이해는 되지 않지만, 리코를 만날 수만 있다면 지금 당장이라도 찾아갈 생각이었다.

당장이라도 일어날 기세였던 미나토를 멈춘 것은 리코 아버지의 말이었다.

"집이 아니라 다른 곳에 있습니다."

"다른 곳이요?"

아까부터 반문만 하고 있다. 그 정도로 상황을 전혀 이해할 수가 없었다.

그러자 문득 스마트폰 저편의 목소리가 멈췄다. 긴 침묵이 이어졌다. 아무 말도 없다.

전화가 끊어졌나 하고 생각했을 때, 간신히 대답이 들려왔다.

"호스피스 병원입니다."

리코 아버지의 목소리가 작게 떨리고 있었다.

호스피스 병원 : 암과 같은 말기 질환을 가진 환자의 신체적 고통을 경감시킴으로써 남은 시간을 충실히 보낼 수 있도록 돕고 마음 편히 죽음에 이를 수 있도록 폭넓은 돌봄을 제공하기 위한 시설.

사전에서는 호스피스 병원을 이렇게 설명하고 있다.

텔레비전 방송에서 본 적이 있어서, 미나토도 어떤 장소인지는 대강 알고 있다. 그럼에도 다시 물었다.

"리코가 병에 걸렸나요?"

호스피스 병원에 있다고 하니 병에 걸린 것이 당연하다. 그것도 위중한 병이리라는 것을 알면서도 물었다. 질문하면서도 뭔가의 착오이기를, 차라리 자신이 잘못 들었기를 바랐다.

하지만 바람은 이루어지지 않았다. 미나토가 알고 있는 그 호스피스가 맞았다. 게다가 아버지의 대답은 과거형이었다.

"그래요. 병에 걸려 있었습니다."

그리고 지금까지 있었던 일을, 미나토가 몰랐던 리코에 대해 알려주었다.

세상에는 불치의 병으로 괴로워하는 사람들이 있다.

이렇게나 의학이 발달했어도, 고치지 못하는 병이 있다. 리코도 그런 사람 중 한 명이었다. 어려서부터 수술을 받으며 입원과 퇴원을 반복했다고 한다.

"1년 전에 의사로부터 마음의 준비를 하라는 말을 들었습니다."

아버지의 목소리는 작았다. 그런데도 뚜렷하게 들려왔다. 잔혹한 말일수록 뚜렷하게 들리는 법이다.

호스피스 병원에 들어간 것은 리코 자신의 의지였다. 조금이라도 고통을 완화시키려고, 부모님에게 부담을 끼치지 않고 인생을 마무리하려고 호스피스로 들어갔다.

공원에서 처음으로 미나토를 만났을 때, 리코는 일시적으로 집에 돌아와 있던 중이었다. 몸 상태가 좋아졌기 때문이 아니다. 인생의 마지막이 가까워 온 것을 알고 자신의 짐을 정리하러 왔던 것이다.

호스피스는 일반적인 병원이 아니므로 원하면 자유롭게 집으로 돌아갈 수 있다. 신변의 정리를 위해서 집으로 돌아가는 사람도 드물지 않다고 한다.

"모두 죽음을 각오하고 있으니까요."

미나토는 뭐라 대답할 말을 찾지 못했다. 전화 저편에서 리코의 아버지가 이야기를 계속했다.

호스피스에서 집으로 돌아오자 리코는 자신의 방을 정리하기 시작했다. 벽에 붙어 있던 포스터와 달력을 떼어내고, 책과 옷가지를 쓰레기장에 내놓았다. 좋아하던 인형이나 액세서리도 버렸다. 소중히 간직하고 있던 초등학교 때 썼던 가방도 처분했다. 자신의 흔적을 지우려 한 것이다.

그렇게까지 하지 않아도 된다고 부모님은 말렸지만, 리코는 듣지 않았다.

"그렇지만 남겨두면 내 생각이 날 거 아녜요. 나에 대해 잊을 수가 없을 테니까요."

이제 겨우 스물여섯이 된 딸이 죽음을 각오하고 자신이 죽은 뒤의 일을 걱정하고 있었던 것이다.

"내가 없다고 울면서 지내지 마세요. 그랬다가는 내가 저세상으로 편하게 가지 못할 테니까."

딸의 목소리는 떨리고 있었다. 등을 돌린 채 떨고 있었다. 죽고 싶지 않은 게 당연하다. 죽음이 무서울 것이 틀림없다.

어머니는 주저앉아 울었고, 아버지는 가혹한 운명을 저주했다. 하지만 딸을 위해서 할 수 있는 일은 이것뿐이었다. 대신 아플 수도 없고, 병을 낫게 해줄 수도 없다. 격려의 말은 그저 공허할 뿐이다.

방 정리가 끝나자 리코는 산책을 하고 오겠다고 말했다.

"밖을 걷는 것도 마지막일 테니까요."

딸의 병은 계속 진행되고 있었다. 겉으로는 알 수 없지만, 의사로부터 언제 쓰러져도 이상하지 않다는 말을 들은 상태였다.

그런 딸을 혼자 내보낼 수는 없는 일이다. 걱정이 태

산 같았다. 함께 나가자고 말했지만 리코가 거절했다.

"아빠, 엄마는 집에 계세요."

"하지만……."

꺼내려던 말은 딸의 목소리에 부딪혀 사라졌다.

"계속 같이 있으니까 숨이 막힐 것 같아요. 혼자 있고 싶어요."

당장이라도 비명을 지를 듯한 목소리였다. 딸의 몸은 떨리고 있었다. 부모님의 얼굴도 보지 않고 그대로 집을 나가버렸다. 차마 따라 나설 수가 없었다.

30분이 지나고, 1시간이 지났다.

리코는 돌아오지 않았다.

연락을 하러 해도, 스마트폰을 집에 두고 나간 상태였다.

무슨 말을 듣더라도 혼자 나가게 두지 말았어야 했다. 부모가 후회하며 아픈 딸을 찾아 나서려 한 순간이었다. 현관문이 열리고, 리코가 들어왔다.

"다녀왔습니다."

목소리가 들떠 있었다. 목소리만이 아니다. 산책을 가겠다며 나갔을 때와는 완전히 다른 사람처럼 표정이 밝았다.

무슨 일이 있었던 걸까 하고 신기하게 생각하고 있자니, 딸이 수줍어하며 이렇게 말했다.

"어떤 남자가 저보고 사귀자고 하지 뭐예요."

생각지도 못한 말을 듣고, 부부는 서로 얼굴을 마주보았다. 어떻게 반응해야 할지 알 수가 없었다. 부모님의 당혹감은 신경도 쓰지 않고, 리코는 말을 이었다.

"여자친구가 되어 달라고 하더라고요. 이제 곧 죽을 텐데 곤란해서 어쩌나."

말과는 달리 얼굴에는 미소가 어려 있었다. 눈이 웃고 있다. 딸은 기뻐 보였다.

"거절하려는 생각으로 부모님을 만나서 직접 허락을 받으라고 했는데요, 진심으로 받아들인 모양이에요. 다음에 우리 집에 오겠대요."

딸이 사랑에 빠졌다는 것을 알았다. 몸이 약해서 학교도 제대로 다니지 못했으니까, 리코에게 있어서는 이게 첫사랑인지도 모른다. 얼굴이 빛나고 있었다.

하지만 밝았던 것은 거기까지였다. 웃음이 사라지고, 암막을 드리운 듯이 딸의 얼굴이 어두워졌다.

"하지만 거절해야겠죠? 곧 죽을 사람이랑 사귀기도 그

렇고. 지금 전화할게요."

불합리하게 주어진 운명을 견디려는 듯이 입술을 깨물고 있다. 선고를 받은 날부터 몇 번이나 본 얼굴이다.

문득 기억이 되살아났다. 호스피스 병원에 가기로 결정한 날 밤, 리코는 병원 침대에서 이렇게 말했다.

아빠, 엄마. 미안해요.

낳아주셨는데 먼저 죽게 되어서 미안해요.

아무것도 해주지 못하는 못난 애비지만, 이럴 때 뭐라고 말해야 할지는 알 수 있었다.

"오라고 하렴."

"네? 하, 하지만……."

딸이 뭐라고 반론하려 했지만 서둘러 말을 막았다. 이이상 슬픈 말을 하게 둘 수는 없었다. 짐짓 엄격한 표정과 목소리로 선언했다.

"아버지가 너에게 어울리는 남자인지 봐줄 테니까."

리코가 놀란 얼굴을 했다. 그리고는 아버지의 의도를 깨달은 듯이 웃음을 터뜨렸다.

"아빠, 구박하려는 거 아니죠?"

"그쪽 하기에 달렸지."

인상을 쓰고 대답하자, 이번에는 어머니까지 웃음을 터뜨렸다. 눈꼬리에 눈물이 번져 있었지만, 오랜만에 보는 웃는 얼굴이었다.

교제를 신청한 남자의 입장에서는 참을 수 없는 일일 것이다. 하지만 속 보이는 연극이라는 소리를 들어도 상관없다. 이기적이라고 해도 어쩔 수 없다.

그래도 딸의 웃는 얼굴을 지켜주고 싶었다. 잠시 동안만이라도 행복한 기분으로 살 수 있기를 바랐다. 처음이자 마지막 사랑을 이루어주고 싶었다.

그날부터 리코는 자주 웃었다. 요리를 만들어 좋아하게 된 남자를 대접했다. 그가 돌아간 뒤에도 행복한 얼굴을 하고 있었다. 호스피스 병원으로 돌아가던 순간도, 그리고 돌아가서도 온화한 미소를 잃지 않았다.

미나토는 바닷가 마을에 있는 호스피스 병원으로 향했다. 그녀의 아버지로부터 전화를 받은 그날 바로 리코를 만나러 간 것이다.

리코와 이야기를 나누고 싶었다. 처음 만난 그날처럼 웃고 싶었다. 리코의 웃는 얼굴을 보고 싶었다.

하지만 리코는 이미 이야기를 나눌 수도, 웃을 수도 없는 상태였다. 미나토를 기다리고 있던 것은 더 이상 움직일 수 없는 몸이 된 리코였다. 그녀는 이미 죽어 있었던 것이다.

"고맙습니다. 미코시바 씨 덕분에 딸애는 행복하게 마지막을 맞을 수 있었습니다."

호스피스 병원의 병실 안에서 리코의 부모님이 머리를 숙였다. 여기는 그녀가 머무르던 방이다. 창밖으로 겨울 바다가 보였다.

"정말 감사합니다."

거듭 감사 인사를 받았지만 미나토는 아무 말도 할 수 없었다. 위로의 말 한마디 하지 못하고, 움직이지 않는 리코의 얼굴만 묵묵히 바라보았다.

행복하게 최후를 맞았다고 부모님은 말했지만, 그 말도 믿을 수 없었다. 리코는 알아볼 수 없을 정도로 말라 있었다. 병마와 싸운 흔적이 그대로 남아 있었다.

괴로웠겠지.

아팠을 거야.

죽는 게 무서웠을 텐데.

리코가 머무르던 병실은 1인실로, 그녀는 대부분의 시간을 혼자서 보냈다. 호스피스 병원으로 돌아오고 나서부터 지난 3개월 동안 부모님에게도 약한 소리 한번 한 적이 없다고 한다. 혼자서 외롭게 병과 싸우다가, 결국 죽음을 맞았다.

마지막으로 받은 짧은 문자가 머릿속에 떠올랐다.

잘 있어요.

즐거웠어요.

세계가 일그러지기 시작했다. 리코의 얼굴이 흐릿하게 번져 보였다. 이 세상은 잔혹하게 모든 것을 빼앗아 간다. 미나토는 소리 죽여 울었다.

리코의 시신은 이제부터 장례회사로 운반된다. 집으로 돌아가지 않고 장례식장에서 장례를 치른 뒤, 화장장에서 불태워진다. 유골이 될 때까지 집으로 돌아가지 않는 것은 그녀의 바람에 따른 것이다.

"이미 작별 인사를 했으니까."

호스피스로 돌아가기 전에 리코는 이렇게 말했다. 다시는 집으로 돌아가지 않겠다고 결심했던 것이다. 또 이런 말도 남겼다.

"이별은 한 번이면 충분해요."

미나토에게 남긴 말 같았다. 다시금 짧은 문자가 떠올라 눈물이 멈추지 않았다. 미나토는 계속 울고 있었다. 우는 것밖에 할 수 있는 것이 없었다.

이윽고 호스피스 병원의 직원이 찾아와 "엔젤 케어 시간입니다."라고 말했다. 퇴원 준비라고도 불리는 절차로, 시신을 깨끗하게 하는 작업을 의미한다.

옷을 갈아입히고 화장도 해야 하므로 일단 자리를 피하기로 했다. 리코의 부모님은 복도에서 기다리려는 것 같았지만, 미나토는 혼자 있고 싶어서 옥상으로 올라갔다. 엘리베이터를 사용하지 않고 계단을 걸어 올라갔다.

옥상에는 아무도 없었다. 구름 낀 날씨도 아닌데, 하늘과 바다가 회색으로 보였다. 마치 색을 빼앗긴 것만 같다.

호스피스 병동의 오른쪽에는 큰 병원이 있다. 경영자가 같은지 두 건물이 통로로 연결되어 있어서 호스피스와 왕래할 수 있게 되어 있다.

12월의 찬바람을 맞으며 남은 눈물을 날려 보내려고 했지만, 생각처럼 되지 않았다. 마를 틈도 없이 계속 새로운 눈물이 솟아났다.

리코와의 추억을 생각하니 눈물이 멈추지 않았다.

검은 고양이와 함께 '예스터데이 원스 모어'를 듣던 모습이 떠올랐다. 함께 시간을 보내고, 사귀자고 말할 정도로 좋아했는데, 아무것도 눈치채지 못했다. 그때 리코는 이미 죽음을 각오한 상태였던 것이다.

슬픔이 너무 크다.

잃어버린 것이 너무 크다.

가슴속에서부터 오열이 치밀어 도저히 참을 수가 없었다. 눈물도 멈출 수가 없었다.

미나토는 옥상의 난간에 이마를 대고 울었다.

사랑하는 연인을 생각하며 울고 또 울었다.

5분이 지나고, 10분이 지났다.

이대로 계속 울고 싶었지만, 슬슬 돌아가지 않으면 리코의 부모님이 걱정할 것이다. 또 언제까지 울기만 할 수도 없다.

마르지 않는 눈물을 억지로 닦아내고, 옥상의 난간에서 이마를 떼어냈다. 그제서야 근처에 사람이 있다는 것을 깨달았다.

휠체어를 탄 20세 정도의 여자가 이쪽을 보고 있다. 걱정스러운 표정이다. 울고 있는 모습을 보고 있었던 모양이다. 부끄러워진 미나토가 눈인사를 남기고 옥상을 떠나려는데, 갑자기 그녀가 미나토의 이름을 불렀다.

"미코시바 씨지요?"

멈춰 서서, 다시 여자를 보았다. 역시 모르는 얼굴이다. 다만, 미나토가 잊어버렸을 가능성도 분명 있다.

"저어, 혹시 전에 어디서……."

"아니요. 처음 뵙습니다."

여자의 대답을 듣고, 미나토는 고개를 갸웃거렸다.

"어떻게 제 이름을 알고 계시죠?"

"리코 씨가 사진을 보여준 적이 있어요."

"사진?"

"네. 스마트폰으로 찍은 사진이요. 기타를 치고 있는 사진. 옆에 검은 고양이가 있었고요."

그녀의 말을 듣다 보니 그때의 정경이 떠올랐다.

"아, 그때……."

공원에서 노래하고 있을 때 찍은 사진일 것이다. 노래를 녹음하고 있던 것은 알았지만, 사진을 찍은 줄은 몰랐다. 그리고 무엇보다 리코와 이 여자의 관계가 궁금했다.

"리코와는 가까운 사이였나요?"

"저는 옆에 있는 병원에 입원해 있어요. 이 옥상에서 만난 뒤로 계속 친절하게 대해주셨어요."

휠체어를 타고 있는 것 말고는 건강해 보이는데, 이 사람도 병을 앓고 있는 걸까?

그렇게 생각한 것이 표정에서 티가 났는지, 휠체어를 탄 여자가 말했다.

"시한부 5년을 선고받았어요."

놀랄 정도로 거리낌 없는 말투였다. 그래서 저도 모르게 묻고 말았다.

"괜찮으세요?"

질문을 하고서야 아차 했다. 시한부 5년을 선고받고서 괜찮을 리가 없다. 입에 올려서는 안 되는 말을 해버렸다. 제정신이 아닌 모양이다.

"죄송합니다."

서둘러 사과했지만, 여자는 고개를 저었다.

"괜찮아요. 아무렇지 않으니까."

강한 척하는 것처럼 보이지는 않는다. 될 대로 되라고 자포자기한 것도 아니다. 휠체어를 탄 여자는 살짝 미소 짓고 있다.

"선고는 들었지만, 치료는 계속하고 있어요. 아직 포기하지 않았어요. 나을 거라고 믿고 있거든요."

그리고 자신의 병에 대해 이야기하기 시작했다.

"어머니와 같은 병이에요."

"어머니께서도?"

"네. 15년 전에 돌아가셨지만요."

호스피스 병동이 생기기 전, 옆에 있는 병원의 완화의료 병동에서 숨을 거두었다고 한다. 그런 만큼 더 두려울 텐데도, 휠체어의 여자는 긍정적이었다.

"15년 전보다 의학이 발달했으니까, 나을 거라고 믿고 있어요."

"강한 분이시군요."

미나토의 말에 그녀는 다시 고개를 가로저었다.

"강하지 않아요."

거기에 이어지는 말이 있었다. 비밀을 털어놓으려는 것처럼 휠체어의 여자는 신기한 이야기를 시작했다.

"처음부터 괜찮았던 건 아니에요, 어머니와 만나기 전까지는 완전히 낙담해 있었어요."

"어머니와 만나기 전까지라고요?"

15년 전에 돌아가셨다고 하지 않았나?

의아하게 생각했지만, 그녀는 아무런 설명도 하지 않고 반대로 이렇게 물어왔다.

"고양이 식당이라는 곳을 아세요?"

"……아니요."

어리둥절한 채 대답했다. 들은 적도 없는 이름이고, 질문의 의도도 알 수가 없었다.

"식당인가요?"

"네. 추억 밥상을 차려주는 식당이에요."

"추억 밥상?"

"그것을 먹으면, 소중한 사람을 만날 수가 있어요."

소중한 사람?

여전히 의도를 파악할 수가 없었다. 대체 무슨 이야기를 하려는 걸까? 이야기를 따라가지 못한 미나토가 아무 말이 없자, 휠체어의 여자는 다시 말했다.

"고양이 식당의 추억 밥상을 먹으면, 이 세상에 없는 사람과 만날 수가 있어요."

"이 세상에 없는 사람? 그렇다면……."

미나토가 말하다 말고 머뭇거렸다. 입 밖에 내서는 안 되는 말처럼 생각되었기 때문이다.

하지만 그녀는 망설이지 않았다. 미나토의 눈을 똑바로 바라보며 말했다.

"네. 죽은 사람과 만날 수 있는 식당이에요."

기차와 버스를 갈아타면서 미나토는 지바현 기미쓰시를 찾아왔다. 그리고 지금, 죽은 사람과 만날 수 있다는 식당을 향해 걷고 있다.

인적이 없는 조용한 마을이지만, 아무런 소리도 나지 않는 것은 아니다. 도쿄만으로 흘러 들어가는 고이토가

와를 따라 난 길에는 편안한 자연의 소리로 가득했다. 강물이 졸졸 흐르는 소리, 물고기가 튀어 오르는 소리, 12월의 차가운 바람이 마른 풀을 쓰다듬는 소리가 들린다.

이윽고 강이 끝나고 바다가 나왔다. 바람이 바뀌고, 큰 파도 소리가 들려온다. 괭이갈매기의 울음소리도 섞여 있다. 이 모든 것이 휠체어의 여자가 말한 그대로였다.

모래 해변을 걷다 보니 하얀 오솔길이 나타났다. 신사에 흔히 깔려 있는 하얀 자갈인 줄 알았는데, 조개껍데기였다. 첫눈처럼 하얀 조개껍데기가 바닥에 빼곡히 깔려 있었다. 이렇게 하얀 조개껍데기는 처음 보았다.

미나토는 그 오솔길을 걸으며 위쪽을 올려다보았다.

"저곳인가?"

중얼거리며 바라본 앞에는 2층 건물이 보였다. 입구 옆에 간판을 대신하는 작은 칠판이 세워져 있다.

흰 분필로 가게 이름이 쓰여 있었다.

고양이 식당
추억 밥상을 차려 드립니다.

그 외에도, 고양이가 있다는 주의 사항이 적혀 있고, 작은 고양이 그림이 덧붙어 있다. 아기자기한 느낌으로 보아 여성이 그린 것 같았다.

마음속으로 생각한 이미지와 달랐다. 죽은 사람과 만날 수 있는 식당이라고 하기에 절이나 신사 같은 건물을 상상하고 있었다. 하지만 눈앞에 있는 건물은 요트 하우스나 해변의 세련된 카페처럼 보인다.

잘못 왔나?

하지만 이름은 '고양이 식당'이 맞다. 같은 이름의 식당이 이 근처에 여러 개 있을 것 같지는 않다. 만일을 위해 스마트폰으로 위치를 확인해 보니, 역시 여기가 맞았다.

일단 들어가 보자. 미나토는 식당 입구의 문을 열었다. 도어벨이 울리고, 이어서 남자의 목소리가 들려왔다.

"어서 오세요."

미나토보다 어려 보이는 젊은 남자가, 문 너머 식당 안에 서 있다. 섬세한 모양의 안경을 쓴, 여느 배우 못지 않게 잘생긴 남자다.

"고양이 식당의 후쿠치 가이라고 합니다. 미코시바 님이시지요? 예약해 주셔서 감사합니다."

전화를 걸었을 때 들은 목소리다. 이 식당의 주인일 것이다. 그 외에 종업원은 없는 것 같았지만, 가이의 발밑에 고양이가 있었다.

"냐앙."

갈색 얼룩무늬의 조그만 고양이다. 고개를 살짝 갸웃하고 이쪽을 보고 있다. 손바닥에 올려놓을 수 있을 정도로 작은 고양이지만, 똑똑해 보이는 얼굴을 하고 있다.

"저희 식당의 고양이 꼬마입니다."

가이가 소개하자 조그만 고양이가 다시 한 번 울었다.

"냐아아."

마치 미나토에게 인사를 하는 것 같았다. 이 식당의 명물 고양이인 모양이다. 미나토는 칠판에 쓰여 있던 문구를 떠올렸다.

이 식당에는 고양이가 있습니다.

예약을 했을 때도 주의 사항을 들었다. 동물 알레르기가 있거나 고양이를 싫어하는 사람을 위한 배려일 것이다.

144

가이는 더 이상 고양이에 대해 언급하지 않고, 미나토를 창가 좌석으로 안내했다.

"이쪽으로 앉으세요."

"고맙습니다."

감사 인사를 하고, 자리에 앉았다. 바다와 하늘이 잘 보이는 4인용 테이블 석이었다. 괭이갈매기의 울음소리와 파도 소리가 들린다.

미나토 외에 다른 손님은 없었다. 버스에서 내린 뒤로 가이 말고는 사람을 만난 적이 없다. 식당만이 아니라, 여기에 오기까지의 길을 전부 전세 낸 기분이다.

"지금 바로 식사를 내오겠습니다."

가이는 이렇게 밀하고 주방으로 들어갔다. 손님과 잡담을 하는 타입은 아닌 모양이다.

꼬마도 미나토를 상대할 생각은 없는지, 벽 쪽에 놓인 안락의자 위에서 몸을 둥글게 말고 있다.

고양이 식당에는 텔레비전도 잡지도 없지만, 시간이 남는다고 해서 힘이 들지는 않았다. 창밖을 바라보는 사이에 가이가 돌아왔다.

쟁반에 요리가 담겨 있다. 예약한 추억 밥상이 완성된

모양이다.

"오래 기다리셨습니다."

상냥한 목소리로 말하며 두 사람 분의 요리를 테이블에 내려놓았다. 하나는 리코를 위한 가게젠*일 것이다.

가이가 만들어 내온 것은 새우와 오징어, 광어, 방어의 회를 풍성하게 올린 덮밥이다.

해산물 덮밥처럼 보이기도 하지만, 조금 다르다. 다른 이름이 붙어 있다. 고양이 식당의 주인이 그 이름을 말했다.

"오라가 덮밥입니다."

교제 허락을 받기 위해 찾아갔을 때 리코가 만들어준 요리 중 하나다. 가모가와시의 특산 음식이다. 최근에는 지바현의 다른 시에서도 찾아볼 수 있다.

참고로 '오라가'란 지바현 남부의 사투리로 '우리 집의'라는 의미다. 그 지역에서 생산된 해산물 또는 농산물을 재료로 쓴다면 뭐든지 '오라가 덮밥'으로 불러도 상관

---

* 부재중인 사람 또는 고인을 추모하기 위한 식사.

없다는 것 같다. 정확한지는 모르겠지만, 리코는 그렇게 설명해 주었다.

리코의 집은 도쿄에 있지만, 호스피스 병원도, 치료를 위해 입원했던 병원도 바닷가 마을에 있다. 오라가 덮밥은 병원의 식당에도 있었으니 아마 거기에서 배웠으리라.

— 뭘 넣어도 상관없어요.

진지한 얼굴로 대범한 말을 하고 있었다. 그 말대로라면, 어떤 의미에서는 가정식 요리로 가장 적합한 것인지도 모른다.

"식기 전에 드세요."

재촉을 받고 다시 요리를 살펴보았다. 리코가 만들어 준 것과 똑같이 생선회는 간장으로 절였고, 그 위에 차조기, 쪽파, 참깨, 김가루가 듬뿍 뿌려져 있다.

"잘 먹겠습니다."

먼저 생선회를 집어먹었다. 이 근방에서 잡은 것이라서인지, 아니면 간장에 절여서 여분의 수분이 빠져나간 덕인지, 입 안에서 달콤하게 녹아내렸다. 흰 밥과 잘 어울린다.

그때와 같은 맛이다. 가이가 만들었다는 것을 알고는

있지만, 리코가 직접 만든 요리를 먹고 있는 듯한 기분이
들었다.

오라가 덮밥만이 아니라, 리코가 만든 음식은 모두 맛
있었다. 지금까지의 인생에서 먹은 것 중 가장 맛있었다.
그렇게 느낀 것은 사랑하는 사람이 만들어준 음식이기
때문이었을 것이다.

리코와 보낸 시간을 떠올린다. 노래를 부른 기억밖에
없지만, 행복했다.

고개를 들어 가게 안을 둘러보았다. 리코는 없다. 창밖
을 찾아보아도, 그녀는 없었다.

죽은 사람을 만날 수 있는 식당.

휠체어의 여자가 한 말이 거짓말은 아닐 것이다.

다만 나에게는 기적이 일어나지 않을 뿐이다.

"······그럴 줄 알았어."

가수로도 실패했고, 사랑하는 연인도 죽었다. 그런 나
에게 기적 같은 일이 일어날 리가 없다.

최근 10년간, 울다가 그쳤다가를 반복했다. 눈물을 떨
굴 때마다 꿈은 멀어져 갔고, 더 이상 기적을 믿지 않게
되었다.

음식을 먹고 싶은 마음이 비누 방울처럼 사라졌다. 반이상의 음식이 남아 있었지만 젓가락을 내려놓고, 고양이 식당에서 나가려고 자리에서 일어섰다. 그때였다. 가이가 테이블로 가까이 다가와 물었다.

"이걸 뿌려 드려도 괜찮으시겠습니까?"

그는 보기에도 뜨거워 보이는, 작은 질주전자를 들고 있었다. 아직 설명을 듣기 전이지만 차가 담겨 있지 않다는 것은 알 수 있었다. 리코의 집에 갔을 때의 기억이 다시 한번 미나토의 뇌리를 스쳤다.

— 육수를 부어서 먹어도 맛있어요.

리코는 이렇게 말하며 절반 정도 먹은 오라가 덮밥에 질주전자에 들어 있던 것을 부어주었다. 다시마와 가쓰오부시의 향이 김과 함께 자욱하게 풍겼다. 질주전자에는 차가 아니라 뜨거운 육수가 담겨 있었다.

그때 리코가 만든 오라가 덮밥은 초밥용 밥이 들어가 있지 않다. 식초를 넣어 양념한 밥으로 오라가 덮밥을 만드는 경우도 있는 모양이지만, 뜨거운 육수를 끼얹어 먹으려면 일반 밥이 더 낫다. 지금 눈앞에 있는 덮밥도 마찬가지였다.

"실례하겠습니다."

가이가 오라가 덮밥에 육수를 부었다. 김이 피어오르며 다시마와 가쓰오부시의 향이 가볍게 퍼져나갔다.

회가 살짝 데쳐지며 반 정도 익자, 질주전자를 내려놓고 양념을 더 많이 올렸다. 호화로운 오차즈케* 같은 느낌이다.

분명 식욕이 없었는데, 육수를 끼얹은 오라가 덮밥에서 눈을 뗄 수가 없다. 갑자기 허기가 느껴졌다.

"오래 기다리셨습니다."

가이의 목소리가 희미하게 들려왔다. 그럴 리 없는데, 여자의 목소리가 뒤섞여 들렸다. 리코의 목소리가 아니다. 좀 더 나이 많은 여성의 목소리다. 다정하고 따뜻한 목소리……

미나토는 의자에 다시 앉아, 다시 한 번 식사 인사를 말했다.

"잘 먹겠습니다."

---

* 밥에 여러 가지 고명을 올리고 따뜻한 차를 부어 먹는 음식.

그리고 다시 젓가락을 들었다. 질주전자 옆에 있는 작은 접시에 고추냉이가 곁들여져 있다. 그 고추냉이를 회에 올려서 먹었다.

고추냉이의 향이 코로 찡하게 올라왔다. 반 정도 익은 생선회와 무척 잘 어울리는 맛이었지만, 고추냉이를 너무 많이 올렸는지 눈물이 고였다.

눈을 감고, 눈물을 삼켰다. 그리고 식사를 계속하려고 눈을 뜨자, 가게 안이 새하얗다.

세계가 완전히 바뀌어 있었다.

'해무'라는 것이 있다.

습기를 머금은 따뜻한 공기가 차가운 바다 표면을 이동하는 과정에서 만들어지는 이류안개의 일종으로, 그중 대부분은 육지까지 올라온다. 산리쿠 지방* 동쪽 해안으로부터 홋카이도 남동부에 걸쳐서 빈번하게 발생하며, 공항에서 시야 확보를 어렵게 만드는 원인이 된다는

---

* 일본 열도를 구성하는 섬 중 가장 큰 섬인 혼슈의 북동부에 위치하는 미야기현, 이와테현, 아오모리현을 묶어 부르는 말.

이야기를 들은 기억이 있다.

하지만 여기는 도쿄만이고, 지금은 12월이다. 정말 해무인지는 모르지만, 고양이 식당 내부에도 안개가 자욱하게 끼어 있다. 유백색 벽에 둘러싸여 있는 기분이다. 창밖도 새하얘서, 바다도 하늘도 보이지 않는다.

"……어떻게 된 일이지?"

이렇게 중얼거리는데 목소리까지 이상하게 들렸다. 목욕탕에서 말을 할 때처럼 소리가 웅웅 울려서 들린다. 설명하기는 힘들지만, 공간 그 자체가 바뀌어 버린 기분이었다. 아까와는 공기부터 다르다.

말도 안 되는 사건이 일어났는지도 모른다. 기상 이변이나 천재지변 같은, 아니면 외국에서 무시무시한 무기로 공격한 것은 아닐까?

어느 쪽이든, 미나토의 힘으로 어떻게 할 수 있는 일은 아니다. 일단 가이와 이야기를 해야겠다 싶어서 가이의 모습을 찾았다.

하지만, 없었다.

분명 바로 옆에 있었는데, 모습이 보이지 않는다.

"저기요!"

크게 소리를 질러 보았지만, 침묵이 돌아올 뿐이다. 주방 쪽에도 기척이 느껴지지 않았다. 유백색 안개에 녹아 버린 것처럼, 가이가 사라졌다.

일단은 밖으로 나가보자.

아니, 그보다 먼저 스마트폰으로 뉴스를 봐야 하나? 무슨 일이 일어났는지 모르지만, 큰 소동이 일어난 게 틀림없다.

그렇게 생각하고 주머니에 손을 넣는데, 그것을 만류하는 듯한 소리가 들렸다.

딸랑딸랑.

도어벨이다. 짙은 안개 속에서 떠오르듯이 고양이 식당의 입구가 보였다. 게다가 문이 열려 있었다.

"설마……."

그 중얼거림이 신호라도 된 것처럼, 흰 그림자가 식당 안으로 들어왔다. 짙은 안개에 휩싸여 있는데도, 얼굴이 또렷하게 보였다.

"리코?"

미나토는 말했다. 식당에 들어온 것은 세상을 떠난 리코였다.

어째서 아무것도 말해주지 않았을까? 고양이 식당에 오면서도 죽은 리코의 얼굴을 떠올리며 마음속으로 물었다.

무슨 생각을 하며 죽어갔을까?

리코가 바란 것이 무엇인지를 알고 싶다.

죽은 자에게 물은들 답이 돌아올 리 없지만, 바로 지금 기적이 일어났다. 리코가 나타난 것이다. 처음 공원에서 만난 날과 같은 모습을 하고 있다. 조금 곤란한, 그러면서도 미안해하는 듯한 표정을 하고 있다. 그 얼굴 그대로, 미나토를 마주보고 앉았다.

리코는 아무 말도 하지 않았다. 미나토도 역시 말이 없었다.

여전히 유백색 안개에 둘러싸인 채, 세계는 고요했다. 시곗바늘 소리조차 들리지 않는다. 그렇게 정적이 이어졌다.

먼저 입을 연 것은 리코였다.

"아무 말 없이 사라져서 미안해요."

그 말은 미나토의 급소를 찔렀다. 리코는 아무 말도 없이 모습을 감췄다. 연인이라고 생각했는데, 병에 걸렸다는 것도 이야기해 주지 않았다.

호스피스 병원 옥상에서 만난 휠체어를 탄 여자는 왼손 약지에 반지를 끼고 있었다. 결혼반지다. 시한부 5년 선고를 받은 뒤에 연인과 결혼을 했다고 했다. 함께 병과 싸우기로 결정한 것이다. 미나토와 리코와는 반대의 길을 걷고 있다.

그렇지만 그때 리코에게 부탁을 받았다 한들, 미나토가 할 수 있는 일은 아무것도 없었을 것이다. 지금도 역시 아무것도 하지 못한다.

미나토가 대답하지 않자 리코도 입을 다물었다.

시간만이 흘러갔다. 이대로 영원히 침묵이 이어지는 걸까 생각했을 때, 문득 고양이의 울음소리가 들렸다.

"냐아."

작은 얼룩무늬 고양이가 테이블 옆의 바닥에 앉아 있었다. 아까만 해도 없었는데, 계속 거기에 있었다는 듯한 얼굴을 하고 있다.

미나토는 공원의 검은 고양이를 떠올렸다. 미나토의 첫 번째인가 두 번째 팬이다. 리코가 그렇게 정했었다.

리코와 처음 만난 날은 어느 정도 이야기를 나누었지

만, 그 후로는 줄곧 노래만 불렀다.

원래 둘 사이에 공통되는 화제도 없었고, 서로 사랑을 이야기할 정도로 많은 시간을 보내지도 못했다. 할 말 따위, 처음부터 없었던 것이다.

미나토는 그 사실을 깨닫고, 자리에서 일어섰다. 그리고 리코에게 등을 돌리고 걸어가기 시작했다.

"미나토 씨……."

리코가 이름을 불렀지만, 미나토는 대답하지 않았다. 리코와 이야기를 나누지 않은 채 이 기적의 시간을 끝낼 생각이었다.

"미나토 씨."

리코가 다시 한번 미나토의 이름을 불렀다.

미나토는 리코에 대해 아무것도 몰랐다.

병에 걸렸다는 것도, 호스피스에 들어갔었다는 것도 몰랐다. 함께 보낸 시간이 너무 짧아서, 그녀가 어떤 삶을 살아왔는지도 듣지 못했다. 허울뿐인 연인이었다.

하지만 단 하나 알고 있는 것이 있다. 호스피스 병원의 옥상에서, 휠체어를 탄 여자가 이야기해 주었다.

"리코 씨는 미코시바 씨를 마음속으로 많이 의지하고 있었어요."

그 말을 들었을 때, 미나토는 낙심한 상태였다. 그래서 위로하려고 하는 말이라고 생각했다.

그 생각이 얼굴에 드러났을 것이다. 휠체어의 여자는 고개를 가로젓더니, 어이가 없다는 듯이 이렇게 말했다.

"목숨이 5년밖에 남지 않은 사람이 건강한 사람을 위로할 리가 있겠어요."

맞다. 그럴 리는 없을 것이다. 당연한 말처럼 들리지만, 사실은 아까부터 위로를 받고 있었다.

"의지하다뇨, 저는 아무것도 한 게 없는걸요."

미나도는 내꾸했다. 리코가 병으로 고통받고 있다는 것조차 몰랐는데, 의지가 됐을 리 없다.

"제가 뭘 해줄 수 있었겠어요."

그렇게 확신하며 잘라 말했지만, 휠체어의 여자는 수긍하지 않았다. 비밀 이야기를 털어놓듯이, 말귀를 못 알아듣는 아이를 타이르듯이, 이 말을 해주었다.

"노래 말이에요."

"네?"

"리코 씨는 미코시바 씨의 노래를 계속 듣고 있었어요."

"제 노래를요?"

"그래요. 리코 씨의 스마트폰에 녹음해 두었던 것 말이에요. 저에게도 여러 번 들려주었어요."

그리고 그녀는 노래하기 시작했다. 공원에서 몇 번이나 불렀던 그 곡, '예스터데이 원스 모어'다.

여러 번 듣다 보니 외웠는지, 처음부터 알고 있었는지는 모르지만, 가사도 틀리지 않고 끝까지 노래했다. 아름다운 목소리였다.

노래를 끝낸 뒤, 그녀는 미나토의 눈을 보고 말했다.

"리코 씨가 항상 하던 말이 있어요."

— 나, 태어나길 잘했어. 좋아하는 사람도 생겼고, 이렇게 멋진 노래를 들을 수도 있으니까.

스스로에게 들려주듯이 몇 번이고 반복해서 이렇게 말했다고 한다. 죽기 직전까지도 몇 번이고, 몇 번이고.

휠체어의 여자 앞에서 미나토는 다시 눈물을 흘렸다. 호스피스 병원의 옥상에서, 리코의 얼굴을 떠올리며 큰 소리로 울었다. 가슴이 찢어지고, 피를 토할 것만 같았다.

머릿속에 '예스터데이 원스 모어'의 멜로디가 흘렀다. 지나가 버린 어제를 노래한 곡이다.

"미나토 씨……."

리코가 다시 이름을 불렀지만, 미나토는 대답하지 않았다. 돌아보지도 않은 채, 안개 속을 계속 걸었다. 그녀로부터 한 걸음, 또 한 걸음 멀어졌다. 미나토는 생각에 잠겨 있었다.

지금까지 많이도 울었다. 앞으로 살아가면서 또 눈물을 흘릴 테고, 좌절도 후회도 겪게 될 것이다.

마지막까지 보답받지 못할 인생일지도 모른다. 웃을 일보다 우는 일이 더 많은 인생일지도 모른다. 인생은 험난하고, 미나토에게는 아무런 무기도 없으니까.

"냐앙."

작은 얼룩무늬 고양이가 울었다. 생각을 멈추고 퍼뜩 정신을 차렸다. 어느새 괘종시계가 눈앞에 있었다. 바늘이 멈춰 있는 문자반이 안개 속에 떠올라 보였다. 고양이 식당의 한쪽 구석까지 걸어온 것이다.

미나토는 멈춰 서서 오른쪽으로 돌았다. 여전히 안개가 가득했지만, 신기하게도 리코의 모습이 보였다. 표정까지도 뚜렷하게 보였다.

당장이라도 울음을 터뜨릴 것 같은 얼굴을 하고 있다. 미나토가 무엇을 하려고 하는지 모르는 모양이다. 미나토 자신도 불안했다. 왜냐면, 아주 오랜만의 무대니까.

미나토는 깊이 숨을 들이쉬고, 천천히 노래를 시작했다.

두 번 다시 만나지 못할 당신을 만났고,

그대 얼굴을 볼 수 있었어.

하고 싶은 말은 많고 많지만,

말이 서툰 나는 노래밖에 할 수가 없어.

말을 모르는 나는 노래밖에 할 수가 없어.

달이 참 아름답네요.

바로 지금, 리코를 생각하면서 만든 노래다.

기타가 없으니까 머릿속에 있는 멜로디를 그대로 노래했다. 제대로 부르고 있는지는 모르겠지만, 미나토에게는 노래밖에 없었다.

멤버들에게 버림받아도, 사랑하는 연인을 잃어도, 노래밖에 할 수가 없다. 쓰레기통에 버려진 유통기한이 지난 크리스마크 케이크라도, 이렇게 노래는 할 수 있다.

안개 저편에서 리코가 미소 짓는 것이 보였다. 그래도 미나토는 계속 노래를 불렀다.

그러자 그녀의 입술이 움직였다.

소리는 내지 않았지만, 무슨 말을 했는지 알 수 있었다.

나도 당신을 사랑해요.

마음이 전해졌다. 미나토의 눈에서 눈물이 흘러내렸다. 그 눈물은 따뜻했다.

지금 당장이라도 리코를 끌어안고 싶었다. 하지만 노래를 계속하는 쪽을 선택했다. 그녀도 그것을 바랄 것 같았고, 미나토도 리코가 자신의 노래를 들어주기를 바랐다.

한 곡을 다 부르고 나서도 미나토는 아무 말도 하지 않았다. 그대로 서서 리코와의 추억이 담긴 노래 '예스터데이 원스 모어'를 불렀다. 리코를 생각하면서 정성껏 노래를 불렀다.

영원히 노래를 부르고 싶었지만, 그 바람이 이루어지지 않는 것을 알고 있다.

죽은 자는 이 세상에 머물 수 없다.

저세상으로 돌아가야만 한다.

소중한 사람과 만날 수 있는 시간은 추억 밥상이 식어버릴 때까지만이다.

기적의 시간은 길게 이어지지 않는다. 순식간에 과거가 되어버린다. 현실에서도 분명 그럴 것이다. 세상은 소중한 사람과의 기적 같은 시간으로 이루어져 있다. 곧 과거가 되는 시간이다.

추억 밥상의 온기가 사라져가고 있다. 리코의 모습도 흐릿해졌다. 저세상으로 돌아갈 때가 온 것이다.

아무 말도 하지 못했다. 하지만 후회는 없다. 기적의 시간이 다시 한 번 찾아오더라도 나는 노래를 부를 것이다. 아무 말 없이 노래할 것이다.

추억 밥상의 온기가 완전히 사라지고, 리코의 모습도 보이지 않게 되었다.

의자가 움직이고, 테이블을 떠나는 발소리가 들렸다.

미나토는 작별 인사를 하기보다, 그녀를 위해서 노래

하기로 했다. 계속 노래하는 쪽을 선택했다.

리코도 끝까지 말이 없었다.

마지막까지 아무런 말이 없었다.

이윽고 고양이 식당의 문이 열리고, 천천히 닫혔다.

이제 발소리도 들리지 않는다.

그녀는 가버렸다.

안개가 걷히기 시작했다.

세계가 제자리로 돌아가고 있다.

미나토는 눈물을 흘리며 계속 노래를 불렀다.

세 번째 사랑

줄무늬 고양이와
후토마키마쓰리즈시

후토마키마쓰리즈시

예부터 관혼상제 등의 행사에서 접대하는 음식으로 계승되어 온 지바현의 대표적인 향토 요리로, 후토마키즈시라고도 한다.

그 기원에 대해서는 장례식에서 먹는 토란대 조림을 넣은 주먹밥에서 유래했다든가, 또는 기슈* 지역의 어부가 정어리 떼를 따라 보소** 방면까지 올라왔을 때 도시락으로 가져온 메하리즈시***가 시작이라는 등 여러 가지 설이 있지만, 확실하게 밝혀지지는 않았다.

기원이 어디에서 왔든, 속에 재료를 넣고 말아서 만든다는 기법이 원점이라고 할 수 있다. 그 시대의 농산물과 해산물 등의 식재료를 활용하여 관혼상제와 지역 공동체 모임 등에서 만들어졌고, 각 가정에서도 전수되어 왔다.

그 후 일본 고유의 식생활이 주목을 받으면서 후토마키 역시 다시 조명을 받았다. 전통 기술의 재현과 다채로운 기법의 창작 및 전승이 이루어지면서 현재까지 널리 이어져 내려오고 있다. ****

* 현재의 와카야마현과 미에현 남부에 해당하는 지역을 이르는 말. 오사카와 나라에 인접해 있는 지역이다.

** 지바현 남쪽 지역을 이르는 말.

*** 소금에 절인 갓으로 겉을 감싼 주먹밥.

**** 출처 : 지바현 홈페이지

니키 고토코는 갓 스무 살이 된 대학생이다. 몇 주 전부터 고양이 식당에서 아르바이트를 하고 있다.

　대학에 등록되어 있기는 하지만, 정식으로 휴학계를 내고 쉬고 있는 상태다. 언제까지 쉴지는 아직 결정하지 못했다. 그 이유를 설명하려면 친오빠의 이야기부터 시작해야만 한다.

　고토코에게는 다정하고 멋있는 오빠가 있었다.

　올해 여름, 그 오빠가 교통사고를 당했다. 고토코를 구하려다 자동차에 치인 것이다. 역 앞에서 우연히 만나 함께 집으로 돌아가던 길이었다.

　아무리 잊으려 해도 잊을 수가 없다. 지금도 종종 꿈을 꾼다. 아픈 기억은 잔혹할 정도로 선명하다.

석양이 눈부신 오후였다.

고토코는 좋아하는 작가의 책을 사서, 오빠와 나란히 집으로 향하고 있었다.

횡단보도를 건너던 중에 한 자동차가 신호를 무시하고 무서운 속도로 달려들었다.

자동차가 코앞까지 들이닥쳤다. 너무 무섭고 공포스러웠다.

다리가 굳어서 움직이지도 못하고 있는 고토코를 오빠가 밀쳐냈다.

자동차는 멈추지 않고, 오빠를 쳐서 날려버렸다.

오빠는 실이 끊긴 꼭두각시 인형처럼 힘없이 아스팔트 바닥에 처박혔다.

경적 소리가 사방에서 울리고, 누군가가 비명을 질렀다. 아마도 고토코의 비명이었을 것이다.

그리고 구급차와 경찰차의 사이렌 소리가 들렸다. 고토코가 알지 못하는 누군가가 불러준 것이다.

하지만 이미 틀렸다.

구급대원도, 경찰도, 오빠의 목숨을 구하지 못했다. 고토코를 구하려다가 오빠는 죽어버렸다. 고토코 때문에 죽었다.

오빠가 목숨을 구해주었다. 하지만 덕분에 살아서 다행이라고 생각할 수가 없었다.

도무지 밥이 목구멍으로 넘어가질 않았고, 밤에도 잠을 이루지 못했다. 내가 죽는 게 나았을 텐데 하고 몇 번을 생각했는지 모른다. 하염없이 눈물이 흘렀다.

죽으려 하지 않았던 것은 그럴 기력조차 없었기 때문이다. 생각이라는 것을 하는 것 자체도 불가능했다. 공기를 들이마시는 것만으로도 벅찼다.

그럼에도 오빠의 무덤에는 매일같이 성묘를 갔다. 거기에서 우연히 오빠의 친구를 만났고, 고양이 식당을 알게 되었다.

― 추억 밥상을 먹으면, 죽은 사람의 목소리가 들린대. 눈앞에 나타나는 경우도 있다고 하더라고.

거짓말 같은 이야기지만, 고토코는 믿었고 또 믿고 싶었다. 지푸라기에라도 매달리는 심정으로 고양이 식당을 찾아갔다.

세상에는 거짓말이 넘쳐나지만, 그중에 진실이 하나도 없는 것은 아니다. 추억 밥상은 거짓말이 아니었다.

고토코에게 기적이 일어났다.

죽은 오빠와 만날 수 있었다.

이때 가이와 고양이 꼬마도 알게 되어 고양이 식당에서 아르바이트를 시작했고, 지금은 추억 밥상을 차리는 것을 돕고 있다.

오빠를 잃은 상처까지 다 나은 것은 아니지만, 그래도 이제 조금은 앞으로의 인생을 생각할 수 있게 되었다.

대학으로 돌아갈까 생각할 때도 있고, 아직 희미하지만 다른 꿈도 있다. 이대로 아르바이트를 계속하고 싶다고 생각할 때도 있다.

하지만 아직 아무것도 결정하지 못하고 있다. 결심을 하는 데는 기력과 체력이 필요하다. 지금의 고토코에게는 그 두 가지가 모두 부족했다.

장사가 잘돼서 많은 수익을 내는 시기를 '대목'이라고 한다. 식당의 대목은 12월이다. 크리스마스와 송년회 등으로 외식할 기회가 느는 데다, 겨울방학이 시작되는 것도 관계가 있는 듯하다.

가이의 말로는 고양이 식당도 그런 경향이 있다고 한다.

"추억 밥상의 예약도 늘어난답니다."

한 해를 마무리하는 과정에서 소중한 사람을 떠올리게 되는지도 모른다. 고토코도 연말연시를 오빠와 함께 보내곤 했던 기억을 떠올렸다. 가족이 다 함께 새해 첫 참배를 가고, 세뱃돈을 받아서 신이 났었다.

슬픔에 휩쓸릴 뻔한 고토코를 가이의 목소리가 현실로 되돌려 놓았다.

"조금 바빠질지도 모르겠습니다만, 잘 부탁드립니다."

"네, 알겠습니다."

고토코는 대답했다. 오전 중에만 영업을 하는 탓인지, 실제로 예약이 꽉 차 있는 상황이다.

하다못해 점심 식사 시간까지 영업을 하는게 좋지 않을까 싶지만, 가이는 영업시간을 바꾸지 않았다. 추억 밥상의 예약이 들어와 있지 않은 날의 고양이 식당은 평범한 아침 식사 전문 식당이다. 생선 요리를 중심으로 하는 백반을 내고 있다.

그날도 오전에 추억 밥상의 예약이 들어와 있었다. 고

토코는 가이와 함께 예약 손님이 오기를 기다렸다. 추억 밥상의 예약이 있는 날은 다른 손님은 오지 않는다. 대부분 가게가 쉬는 날을 이용하기 때문이다.

추억 밥상을 만들기 위해서는 당연히 대략적인 사정을 미리 들어야만 한다. 그렇게 손님의 인생에 발을 들여놓게 되는 것이다.

오늘의 손님은 40대 후반의 남성이다. 이 식당의 소문을 듣고 돌아가신 어머니를 만나고 싶다고 전화를 걸어왔다고 한다.

고양이 식당에는 어머니를 잃은 사람들이 자주 방문한다. 가이도 불과 얼마 전에 어머니를 잃었다. 고토코는 가이가 많이 힘들어 했던 것을 알고 있다.

"슬슬 준비를 시작합시다."

가이의 말에 주방으로 이동했다. 하지만 고토코가 직접 요리를 하지는 않는다. 채소 껍질을 벗기는 등 준비를 도울 때는 있지만, 추억 밥상은 가이가 혼자서 만들고 있다. 고토코의 가장 중요한 임무는 맛을 보는 것이다.

"오늘의 요리는 만드는 데 시간이 걸립니다."

"어려운 요리인가요?"

"조금 손이 많이 가네요."

말은 그렇게 하지만 가이는 솜씨가 정말 야무지다. 못 만들 요리가 없지 않을까 생각할 정도다. 어머니가 남긴 레시피 노트를 참고하며 대부분의 요리를 만들어낸다.

이때도 고토코가 보고 있는 사이에 요리를 완성했다. 눈앞에 놀랄 정도로 화사한 요리가 한 접시 놓였다.

"이런 요리는 처음 봤어요."

고토코의 말에 가이가 미소를 지었다.

"이 지역 근방의 향토 요리입니다. 가끔이지만 어머니가 만들어주셨던 적이 있어요."

평소보다 한층 더 부드러운 목소리였다. 돌아가신 어머니를 떠올리고 있는지도 모른다. 고토코에게 말하고 있지만, 어딘가 먼 곳을 보고 있는 것 같다. 사람은 과거를 그리워할 때 이런 눈을 하곤 한다.

꼬마는 주방에 들어오지 않고 식당의 안락의자 위에서 낮잠을 자고 있다. 웬일로 피곤한 모양이었다.

시곗바늘이 오전 9시를 가리켰다. 예약 시간이다.

시간이 되었지만, 손님이 오지 않는다. 5분, 10분, 시간이 지나간다. 고토코와 가이는 식당에서 손님을 기다리고 있었다.

고양이 식당은 버스 정류장에서 떨어져 있는 데다가 눈에 잘 띄지 않는 장소에 있다. 손님이 늦어지는 것 자체가 드문 일은 아니다. 늦기만 한다면 다행이지만, 예전에는 손님이 길을 잃은 적도 있었다고 한다.

손님이 마중을 나올 필요는 없다고 말했다지만, 아무래도 상황을 보러 가는 편이 좋을 것 같았다. 모래 해변 근처에서 헤매고 있을지도 모른다고 생각하니 고토코는 마음이 불안해졌다.

주위를 좀 둘러보고 올게요, 하고 가이에게 말하려 했을 때였다. 입구의 문 저편에서 고양이의 울음소리가 들렸다.

"냐아아."

고토코가 돌아보았다. 꼬마가 밖으로 나가버렸다고 생각한 것이다. 꼬마는 벌써 몇 번이나 탈출한 경력이 있다. 가이에게 아무리 야단을 맞아도 말을 듣지 않는다. 이러다가 케이지에 갇히는 신세가 되는 것은 시간 문제다 싶을 정도다.

하지만 이번에는 꼬마가 아니었다. 꼬마는 낮잠을 자다 일어나 식당 안 안락의자 위에 웅크리고 앉아 있다. 의심받은 것을 알았는지, 항의하듯이 짧게 울었다.

"냐아."

다시 들어보니 아까의 울음소리와는 다르다. 다른 고양이의 울음소리다. 고양이 식당 바로 앞에 다른 고양이가 있는 것이다.

뜻밖의 일이라 놀랐다. 이 근처에는 다른 주택도 없고, 길고양이도 본 적이 없다. 고양이는 꼬마밖에 없을 거라고 생각하고 있었다.

"냐앙."

꼬마가 뭔가를 말하고 싶은 듯이 울었지만, 고양이의 말은 알아들을 수가 없다.

"왜 그러니?"

"냐아 냐아아."

이런 식으로 우는 경우는 드문데, 왜 그런지는 역시 알 수가 없었다. 고토코가 고개를 갸웃거리고 있는데, 가이가 옆에서 끼어들었다.

"손님이 오신 모양입니다."

그 말에 놀랐다. 고양이가 손님으로 왔다는 뜻일까? 아무리 고양이 식당이라 해도 말도 안 되는 일이라고 생각했지만, 가이는 그런 말을 농담 삼아 하는 사람이 아니다.

"미아가 되지는 않은 모양입니다."

가이는 안심한 듯이 말하며 입구의 문을 열었다.

딸랑딸랑 도어벨이 울리고, 정말로 고양이가 나타났다. 간판을 대신하는 칠판 옆에 앉아 있다.

"냐앙."

고토코와 가이의 얼굴을 보고 그 고양이가 다시 한번 울었다. 땅딸막한 체형의 줄무늬 고양이다. 사람을 잘 따르는지, 가까이 다가가도 도망가려 하지 않는다. 그저 가만히 이쪽을 보고 있다.

"어서 오십시오."

가이가 고개를 숙여 인사를 했다. 하지만 고양이에게 향한 것은 아니었다. 머리를 숙인 방향으로부터 발소리가 들려왔다. 사람의 발소리다.

"늦어서 죄송합니다!"

중년의 남성이 하얀 조개껍데기가 깔린 오솔길을 달

려오고 있었던 것이다.

"미안합니다. 고양이가 도망쳐 버리는 바람에."

그 중년 남성, 후루카와 신지가 말했다. 줄무늬 고양이는 그가 키우는 고양이로, 그가 고양이 식당에 데려온 것이다.

"여기로 오는 도중에 길에서 넘어졌지 뭡니까."

오른손에는 고양이용 이동장을 들고 있다. 모래 언덕에서 넘어지면서 이동장의 뚜껑이 열리는 바람에 줄무늬 고양이가 도망쳐 버렸다고 한다.

"평소에는 얌전한 고양이인데 말입니다."

신지는 그렇게 말했지만, 갑자기 내던져졌는데 도망치지 않을 고양이는 없을 것이다. 다른 데로 가버리지 않고 주인을 기다리고 있었다는 점에서 똑똑하다고도 할 수 있겠다.

그 고양이를 보면서 가이가 질문했다.

"이쪽이 미미 님인가요?"

"냐아."

줄무늬 고양이가 대답했다. 정답인 모양이다.

처음 만난 가이가 고양이의 이름을 알고 있는 것도,

신지가 키우는 고양이를 데리고 온 것에도, 다 이유가 있었다.

"전화로도 말씀드렸습니다만, 미미도 함께 어머니를 만나게 해주시면 좋겠습니다."

신지가 머리 숙여 부탁했다. 중년 남성과 줄무늬 고양이는 죽은 사람을 만나기 위해서 고양이 식당을 방문한 것이었다.

시간의 흐름은 항상 똑같지는 않다.

어제와 오늘은 절대로 같은 24시간이 아니다.

최근 신지는 그렇게 생각하게 되었다. 이를테면 10대 때는 시간이 천천히 흘렀다. 젊음의 혈기와 시간이 넘쳐나서 문제였다. 그것이 힘겨워 빨리 어른이 되고 싶다고 생각한 적도 있었다.

그 바람은 간단히 이루어졌다.

순식간에 20대가 끝나고, 별로 한 것도 없이 30대가 지나갔다. 이제 마흔이구나 생각한 다음 순간에는 마흔다섯이 되어 있었다.

노안이 찾아오고, 흰머리가 늘었다. 수염을 깎으면 희

끗희끗한 털이 섞이기 시작했다. 옛날이라면 초로라 불릴 나이다. 자신이 선택한 인생이라고 당당하게 나설 만큼 신지는 뭔가를 선택한 기억이 없었다. 그저 흘러가듯이 마흔다섯을 맞았다.

자식이 나이를 먹는 만큼, 부모도 늙는다. 그런 당연한 것마저 잊고 살았다.

아니, 잊었다기보다는 부모에 대해서는 딱히 별 생각을 하지 않고 살았다. 아버지가 쓰러지시기 전까지만 해도 그랬다.

신지는 외동아들이다. 이제 부모님을 어떻게 모실까를 두고 고민하기 시작할 시기인데, 아버지는 병원에 실려간 다음 날 바로 돌아가셨다.

너무 갑작스러운 일이라서인지, 유언도 없었다.

아버지는 어느 정도의 저축과 집을 남겼다. 좋은 시대에 정년 퇴직을 한 덕분에 상당한 액수의 연금을 받고 있었던 것이다.

아버지의 장례식에서 본 어머니의 얼굴은 몹시 늙어 있었다. 머리카락은 새하얬고, 원래 작았던 몸이 더 작아진 듯이 보였다. 갑자기 늙어버렸다기보다는 그럴 나이가 된 것이다. 어머니는 이제 일흔다섯이었으니까.

아버지가 남긴 저축과 유족연금 덕분에 생활에 어려움은 없겠지만, 혼자 살기에는 불안한 나이에 접어든 것이다.

그렇게 느낀 것은 신지만이 아니었다.

"우리 집에 오시라고 하는 게 어떨까요?"

아버지의 장례식이 끝난 뒤, 아내인 미호가 제안했다.

"유토도 혼자 살기 시작한 참이니까 말이에요."

아들을 얘기하는 것이다. 아들은 올 봄에 대학에 합격해서 교토에서 혼자 살고 있다. 졸업 후에도 교토에 계속 살면서 대학원까지 갈 생각이라고 하니, 한동안 집에 돌아올 일은 없을 것이다.

게다가 본인 입으로 한 말은 아니지만, 도쿄에 돌아오지 않고 그대로 교토에 뿌리내릴 생각까지 하는 것 같았다.

"당신 그래도 괜찮겠어?"

어머니를 모셔 와도 괜찮겠냐는 의미였다. 아마 몇 년 안에 옆에 붙어서 돌봐드려야 할지도 모른다.

"그럴 생각으로 결혼했으니까요."

미호는 당연하다는 듯이 대답했다. 예스러운 구석이

있는 아내다. 미호의 오빠가 부모님을 맡아 돌보고 있다는 점도 영향을 끼쳤을 것이다. 말로만이 아니라 평소에도 신지의 어머니에게 마음을 써주고 있었다.

"아버님이 쓰러지신 뒤로 영 기운이 없으신 것 같기도 하고요."

확실히 장례식 때도 기운이 없어 보였다. 여든이 넘어서도 활기차게 사는 사람도 있는데, 어머니는 거기에 해당하지 않는 모양이다.

더 이상 어머니가 나이 들었다는 사실에서 눈을 돌릴 수 없다. 때가 된 것이다. 신지는 결심하고 아내에게 말했다.

"사십구재가 지나면 이야기해 볼게."

사십구재 : 불교 용어로, 인간은 죽은 뒤 다음 삶으로 환생하기까지 49일이 걸린다고 한다. 사람이 죽으면 명복을 빌기 위해 7일마다 추선 공양을 하고, 49일째를 끝으로 공양을 마친다.*

* 출처: 브리태니커 국제대백과사전

사십구재가 끝나고 며칠이 지나서 신지는 부모님의 집, 즉 자신이 태어난 집을 찾았다. 혼자가 아니라 이동장에 미미를 넣어 데려갔다.

어머니는 고양이를 좋아했다. 미미라는 이름도 어머니가 붙여준 것이다. 그래서 미미를 데려가면 분명 기뻐할 거라고 생각했다.

미호도 함께 가겠다고 말했지만, 일을 크게 벌이고 싶지 않아서 사양했다. 아내도 더는 고집을 부리지 않았다.

오후가 되어서야 부모님 댁에 도착했다. 파란 하늘 아래서 그 집을 보니 깜짝 놀랄 정도로 낡아 있었다. 신지가 초등학교에 들어갈 때쯤 지었으니까, 40년은 너끈히 지났으니 정말 오래되기도 했다.

"무너지지 않은 게 다행이네."

큰 태풍도 무사히 지났고, 지진도 겪었다. 강풍으로 이웃집은 큰 피해를 입었지만, 이 집은 아무렇지도 않게 버텼다. 기왓장 하나 날아가지 않았다.

─ 오래된 집은 튼튼하니까.

아버지라면 이렇게 말했을 것이다. 옛 기술을 과신하시던 분이니까. 신지는 그 의견에는 찬성하지 않는다. 운이 좋아서 버텨냈을 뿐이다.

지진도 무섭지만, 태풍도 대형화되는 추세다. 이 집이 무너지는 것은 시간 문제일 것이다. 행운은 영원히 이어지지 않는다. 무너지기 전에 어머니를 모셔 가는 편이 낫다.

신지는 결의를 다지며 현관의 초인종을 눌렀다. 딩동 소리가 울리더니 곧 어머니가 대답했다.

"네."

신지가 이름을 말하기도 전에 현관문이 열렸다. 옛날부터 이랬다. 조심해야 한다고 아무리 말해도 문도 잠그지 않고, 누가 왔는지 확인도 하지 않고 문을 연다.

"어머나, 신지야. 무슨 일 있니?"

어머니는 웬일이냐는 표정이었다. 역시 상대를 확인하지도 않고 연 것이다.

"무슨 일 있냐뇨. 온다고 말씀드렸잖아요."

사십구재 법회 때 약속을 했다. 어머니는 잊어버리고 있었던 모양이다.

"그랬던가?"

곰곰이 생각하는 듯하더니, 귀찮아진 모양이다. 화제를 돌리려는 것처럼 신지에게 말했다.

"일단 올라오렴."

현관문을 왜 안 잠갔냐는 등 잔소리를 하고 싶었지만, 지금 꼭 그 이야기를 할 필요는 없을 것이다.

그럼 들어갈게요, 하며 신지는 집 안으로 올라갔다. 얼마 전 법회가 끝난 집 안은 텅 비어 있었다. 향 냄새가 약하게 났다. 가족 셋이서 떠들썩하게 살던 과거가 거짓말인 양 고요하다.

일단은 불단이 차려진 방으로 가서 향을 올렸다. 그리고 그대로 어머니 쪽으로 돌아앉아 용건을 꺼냈다.

"어머니, 저희 집으로 가세요."

"뭐? 지금? 무슨 일 있니?"

어머니는 어리둥절한 얼굴로 반문했다. 아무래도 이해를 하지 못한 모양이라서 신지는 분명하게 말했다.

"이제 저희 집에서 같이 살자고요."

어머니의 방도 준비해 두었고, 부담 되지 않을 정도로 집안일도 부탁할 생각이었다.

"어머니, 우리와 같이 살아요."

다짐을 받듯이 반복했지만, 어머니는 동의하지 않았다.

"날 좀 내버려두렴."

"아니, 어머니. 있잖아요."

아직 말이 끝나지도 않았는데 어머니는 더는 들으려고 하지 않았다. 생각만 해도 싫다는 얼굴로 신지의 제안을 뿌리쳤다.

"네 아내도 이런 늙은이와 같이 사는 건 싫을 게다."

"무슨 말씀이세요, 어머니. 아니에요."

신지는 황급히 부정했다.

"미호가 먼저 어머니를 모셔 와서 같이 살자고 말을 꺼냈어요. 저보다도 더 어머니 걱정을 해요."

자신에 대해서라면 몰라도, 아내를 나쁘게 말하는 것은 듣고 싶지 않았다. 어머니라면 알아줄 거라고 생각했는데, 그런 기대는 헛일로 끝났다.

"입으로만 하는 얘기야. 그런 건."

어머니가 내뱉었다. 흠칫할 정도로 말에서 가시가 느껴졌다.

"그리고 모시고 살기는 무슨, 네 아내는 집에 있지도 않잖니."

집에 없다고는 하지만 밖으로 놀러다니는 것은 아니다. 일 때문이다. 미호는 결혼한 뒤에도 계속 일을 하고 있다. 맞벌이 부부는 요새 드물지도 않은데, 설마 어머니는 그게 마음에 들지 않았던 걸까?

그렇게 되물을 틈도 없이, 어머니가 독설을 퍼부었다.

"너도, 네 아내도, 그리고 유토도 똑같아. 내가 방해가 된다고 생각하잖니. 빨리 죽으라고나 빌고 있겠지."

말문이 턱 막혔다. 40년 전, 어린 신지는 엄마에게서 떨어질 줄 모르는 아이였다. 다정한 엄마가 정말 좋았다.

신지가 장난을 쳐도 어머니는 다정하게 웃으며 눈감아 주었다. 어른이 되어서, 미호를 소개했을 때도 기뻐해 주었다. 결혼도 축복해 주었다.

지금 눈앞에 있는 어머니는 완전히 다른 사람 같았다.

어떻게 말해야 이해해줄지 알 수가 없었다. 신지는 망연자실한 채 할 말을 잃었다.

그때 도움을 주려는 듯이 고양이가 울었다.

"냐아."

현관 쪽에서 소리가 들렸다. 미미다. 어머니께 정신이 팔려서 고양이를 데려온 것도 잊어버리고 있었다. 이동장 안에 넣은 채 현관 앞에 그대로 두었던 것이다.

이동장을 봤을 텐데도, 어머니는 방금 깨달았다는 듯

이 물었다.

"고양이를 데려왔니?"

"네."

분위기가 바뀔 것을 기대하고 고개를 끄덕였지만, 이번에도 역시 실패했다.

어머니의 눈이 매서워지더니, 거의 발작을 일으키듯이 날카롭게 소리를 지르며 호통을 쳤다.

"더러운 고양이 같은 걸 집에 들이지 마라!"

"어머니……."

더 이상 말이 나오지 않았다. 미미를 귀여워하던 어머니가 한 말이라고는 믿어지지가 않았다. 악몽을 꾸는 기분이었다.

하지만 현실이다. 어머니는 벌떡 일어나 신지를 내쫓았다.

"당장 데리고 돌아가! 얼른 나가! 두 번 다시 이 집에 얼씬도 하지 마!"

아버지가 돌아가신 것에 충격을 받아 성격이 이상해진 것 같다는 생각이 들었다. 아니면 아버지가 계실 때에는 이런 감정을 감추고 신지의 가족을 만났던 걸까? 아버지가 안 계시니 진심을 드러내게 되었다는 것도 있을 법한 얘기다.

물론 그것도 추측에 지나지 않는다. 어머니의 본심은 알 수 없지만, 끝까지 따지고 들 기력이 없었다.

"알았어요."

작은 목소리로 그 말만을 남기고, 미미를 데리고 집으로 돌아왔다. 아내는 아무 말도 하지 않았다. 이야기가 잘 풀리지 않은 것을 눈치로 안 모양이다.

신지도 무슨 일이 있었는지 이야기할 기분이 들지 않았다. 어머니에게 들은 말을 떠올리면 마음이 차가워진다. 집에 돌아와서 생각해 보니 새삼 화가 났다.

이렇게 해서 신지는 어머니와 소원해졌다.

그렇다고 이대로 연을 끊을 생각은 없었다. 그저 시간을 조금 갖자고 생각했을 뿐이다. 결국 시간이 해결해 줄 거라고, 아무런 근거도 없이 믿고 있었다.

마침 일도 바빴다. 신지가 근무하고 있는 회사는 영세기업이라서, 일이 늘어나도 아르바이트를 두기는커녕 직원들끼리 어떻게든 해결해야 하는 회사였다. 숨 쉴 틈도 없이 바쁜 시간이 지나갔다.

어머니와 만나지 않은 채 3개월이 지나갔다. 전화도 걸지 않았고, 어머니가 먼저 전화를 걸어오지도 않았다. 시간은 아무것도 해결해 주지 않고, 그저 흘러가기만 했다. 그러다 갑자기 인생은 유한하다는 것을 가르쳐주었다.

신지와 화해하지 않은 채 어머니는 돌아가셨다. 자택 현관 앞에서 심근경색을 일으켜 세상을 떠났던 것이다.

어머니는 임종을 지키는 이 하나 없이 혼자서 숨을 거두었다. 이렇게 표현하고 싶지는 않지만, 일반적으로는 그것을 '고독사'라고 부를 것이다. 신지의 머릿속에도 그 말이 떠올랐다. 납덩이를 삼킨 듯이 가슴이 무거워졌다.

고독사의 경우 시신이 오랫동안 방치되는 경우도 많은데, 어머니는 다행히도 바로 발견한 사람이 있었다.

"요양시설의 다과회에 오시지 않아서, 걱정이 돼서 들러 보았어요."

어머니와 동년배로 보이는 노부인은 이렇게 말했다. 근처에 있는 노인 요양시설의 데이케어 서비스에서 어머니와 알게 되었다고 한다. 어머니는 시설에서 매주 열리는 다과회의 단골손님이었던 모양이다. 신지는 몰랐던 일이다. 그런 시설의 존재 자체를 몰랐다.

"후루카와 씨와는 연하장을 주고받곤 했어요."

노부인은 자기소개를 하듯이 말하고는 이 집에도 몇 번 온 적이 있다고 덧붙였다.

입밖에는 내지 않았지만, 노인 혼자 사는 것을 걱정해주었던 것이다. 그 노부인도 마찬가지로 남편이 먼저 세상을 떠난 뒤 혼자 살고 있다고 했다.

"현관문이 살짝 열려 있었는데, 안쪽에 쓰러져 있는 모습이 보였어요."

그때의 정경을 떠올리는 듯했다. 노부인은 심장이 두근거리는지 가슴을 지긋이 눌렀다. 그리고 그 모습 그대로 말을 이었다.

"서둘러 구급차를 불렀지만, 이미 늦었던가 봐요…….정말 미안합니다."

"미안하시다뇨."

신지가 고개를 저었다. 어머니의 심장이 멈춘 것은 어젯밤으로 추정된다고 의사가 말했다. 노부인이 어머니를 발견했을 때는 이미 늦은 상황이었다. 아마도 어머니는 자기 전에 문단속을 하러 나갔다가 쓰러졌을 것이다.

"여러 가지로 감사드립니다."

다시 한번 머리를 숙였다. 두 사람은 병원에 있었다. 어머니의 시신은 아직 영안실에 있었지만, 노부인은 걱정이 되어서 병원까지 와주었던 것이다.

신지의 회사는 부모님 댁에서 걸어갈 수 있는 장소에 있지만, 아내는 이웃 도시로 통근하고 있다. 연락은 취했지만 병원까지 오려면 시간이 조금 걸릴 것이다.

의사는 보이지 않았다. 간호사도 없다. 어머니의 시신이 있는 병원 대기실에서 신지와 노부인 둘만이 이야기를 나누고 있었다.

"아니에요. 좀 더 빨리 가 봤더라면 좋았을 텐데."

노부인은 미안해하며 말했다. 진심으로 어머니를 구하지 못한 것을 후회하는 모습이었다. 노인 요양시설의 친구분들에게도 연락을 하겠다고 했다.

어머니에게도 친구가 있었다.

어머니는 외톨이가 아니었다.

그렇게 생각하려고 했지만, 실패했다. 아무리 듣기 좋은 말로 꾸미려 해도, 어머니가 아무도 없는 낡은 집의 현관에서 돌아가셨다는 사실은 변하지 않는다. 혼자서 외롭게 돌아가신 것이다.

눈물이 복받쳤다.

이렇게 될 줄 알았다면 그때 그렇게 싸우지 않았을 텐데.

신지는 후회하고 있었다. 사이가 틀어진 채로 연락조차 하지 않았던 것을 후회했다. 그리고 그 이상으로, 어머니를 혼자서 죽게 내버려둔 것에 대해 변명을 하고 싶었다.

"어머니는 변하셨어요."

저도 모르게 노부인에게 이런 이야기를 하고 있었다. 마지막으로 만났을 때 어머니가 벌컥 화를 냈던 이야기를 했다. 아내와 고양이까지 비방하며 나무랐다는 이야기마저 털어놓았다. 노부인은 귀찮은 기색 없이 신지의 이야기를 들어주었다. 잠시 생각하는 듯이 입을 다물고 있다가, 온화한 목소리로 대답했다.

"나이가 들면 어쩔 수 없이 변하게 돼요."

"하지만 그렇게 심한 말을 하다뇨."

반론하는 것처럼 말하고 말았다. 그러자 노부인은 다

시 생각에 잠긴 듯 입을 다물었다. 대기실에는 정적만이
감돌았다.

병원에서 죽음은 흔한 일이다. 이러고 있는 동안에도
누군가는 숨을 거두고 있을지도 모른다. 물론 태어나는
생명도 있다.

대부분의 인간은 병원에서 태어나 병원에서 죽어간
다. 아무 말없이 있다 보니 이 세상과 저세상 사이를 오
가는 영혼의 발자국 소리가 들려오는 것 같았다. 어머니
의 발소리도 섞여 있을지 모른다.

정적에 귀를 기울이듯이 입을 다물자, 노부인이 말을
꺼냈다.

"고양이 식당에 가봐요."

분명하게 들렸지만 무슨 말인지 이해가 되지 않았다.
그래서 신지는 되물었다.

"고양이 식당이요?"

"바닷가 마을에 있는 식당이에요. 거기서 추억 밥상을
먹으면 소중한 사람과 만날 수 있답니다."

"소중한 사람?"

"죽은 사람을 말하는 거예요."

순간, 시간이 멈춘 기분이 들었다. 하지만 멈춰버린 것은 신지의 시간뿐이었다.

맑은 눈빛으로 신지를 응시하며 노부인은 말했다.

"추억 밥상을 먹으면, 죽은 사람과 만날 수 있어요."

고양이 식당에는 미미만 데려 왔다.

아내에게는 아무 말도 하지 않았다. 설명한들 믿어주지도 않을 테니, 고양이와 둘이서 가는 편이 나을 것 같았다.

탈주한 미미를 이동장에 돌려놓고서 신지는 식당으로 들어갔다.

"인사가 늦었습니다. 고양이 식당의 후쿠치 가이입니다."

"아르바이트생인 니키 고토코입니다."

준수한 용모의 젊은 남녀가 각자의 소개를 했다. 모델이나 배우라고 해도 믿어질 정도의 외모였지만, 말투는 정중하고 겸손했다.

인사를 나눈 뒤, 창가 자리로 안내를 받았다.

"이쪽 자리 괜찮으시겠어요?"

"네."

신지는 자리에 앉았다. 창문으로 바다와 하늘이 잘 보였다. 고토코가 테이블에 차를 내왔다. 따뜻한 녹차였다.

12월의 메마른 공기에 목이 말랐던 터라 고맙게 녹차를 마셨다.

"예약하신 요리를 가져오겠습니다."

가이와 고토코가 주방으로 향했다. 둘 다 말수가 적은 타입같다. 하지만 퉁명스러운 느낌은 들지 않았다.

고양이 식당은 조용한 곳이다. 미미는 얌전히 이동장 안에 들어가 있고, 식당에 있는 조그만 고양이는 안락의자 위에서 몸을 둥글게 말고 있다.

창문 밖에서 파도 소리와 괭이갈매기의 울음소리가 들려왔다. 12월치고는 따뜻한 날이다. 태양이 눈부시다. 시간이 천천히 흘러가는 듯한 기분이 들었다.

멍하니 창밖 풍경을 보고 있자니 가이와 고토코가 주방에서 나왔다. 둘 다 요리를 들고 있다. 큰 접시와 대접이다. 대접에서는 따뜻한 김이 올라오고 있다. 바다 냄새가 난다. 그리운 냄새다.

두 젊은이가 소리 없이 테이블 위에 요리를 내려놓았다. 그리고 가이가 메뉴를 소개했다.

"후토마키마쓰리즈시와 김을 넣은 된장국입니다."

후토마키마쓰리즈시는 보소 지역의 명물 요리다.

김, 달걀, 박고지 조림, 표고버섯 조림, 당근, 사쿠라 덴부* 등을 넣고 말아서 잘랐을 때 단면에 그림이나 글자가 나타나도록 만든다. 자른 단면에 그림이 보이는 전통 사탕 공예의 후토마키 버전이라고 할 수 있다.

향토요리로 인기가 있어서 인터넷에 검색하면 동영상이나 사진을 볼 수 있다. 하지만 실물을 본 것은 벌써 몇 년 전의 일이다. 신지도, 아내도 만드는 방법을 모르고, 만들 생각도 하지 않는 요리다. 손이 너무 많이 가기 때문이다.

하지만 어머니는 잘하는 요리였다. 세쓰분**이나 입학식, 졸업식 등 축하할 일이 있을 때면 붓꽃이나 동백꽃 문양이 들어간 후토마키마쓰리즈시를 만들어주셨다.

---

*분홍색으로 물들인 생선살을 잘게 다져 볶은 것.
**입춘 전날을 가리키는 절기로, 일본에서는 이날 밤에 콩을 뿌려서 귀신을 쫓는 행사를 하며, 복을 불러온다는 의미에서 후토마키를 먹는 풍습이 있다.

김 대신 계란 지단으로 겉을 감싸서 말 때가 많았다. 지금 눈앞에 있는 후토마키마쓰리즈시도 계란 지단으로 만 것이다.

된장국도 그리운 음식이다. 김을 넣은 된장국은 우리 집의 대표 음식이었다. 친척 중에 김을 키우는 집이 있기도 했고, 아버지가 아주 좋아하시던 음식이기도 했기 때문에 매일같이 식탁에 올라오곤 했다.

옛일을 생각하고 있자니, 가이가 말을 걸어왔다.

"식기 전에 얼른 드세요."

"네, 잘 먹겠습니다."

신지는 대답했다. 그리고서 젓가락과 대접을 손에 들고, 김이 든 된장국을 마셨다. 김의 향이 입안 가득 퍼져 나갔다. 식욕을 돋우는 맛이다.

어머니가 돌아가시고 나서 배가 고프다는 생각이 든 적이 없었는데, 오랜만에 뭔가를 먹고 싶은 기분이 들었다. 아니, 막연한 뭔가가 아니다.

바로 이 후토마키마쓰리즈시가 먹고 싶었다. 어머니가 만들어주셨던 후토마키마쓰리즈시를 배부르게 먹고 싶었던 것이다.

젓가락을 내려놓고, 붓꽃 문양이 들어간 후토마키마쓰리즈시를 손으로 집었다. 어릴 때부터 젓가락이 아니라 손으로 먹곤 했다. 그게 맞는 방법인 것처럼 부모님도 딱히 주의를 주지 않았다.

후토마키마쓰리즈시는 모양이 흐트러지기 쉽다. 조심스레 입으로 가져가 한입 가득 집어넣었다. 그리운 맛, 마음을 치유해 주는 맛이다.

식초로 양념한 밥은 달달하고, 김 대신 겉을 감싼 계란 지단은 폭신했다. 과자처럼 입에서 살살 녹는 사쿠라 덴부가 지친 몸과 마음을 위로해 주었다. 표고버섯과 박고지 조림도 달콤하게 잘 조려져 있다.

첫 번째 후토마키마쓰리즈시를 다 먹고 테이블을 보자, 어느새 가루 녹차가 놓여 있었다. 신지는 그것을 마셨다. 초밥집에서 흔히 내오는 씁쓸한 가루 녹차는 식초로 양념한 밥에 잘 어울린다. 마시니 입안이 깔끔해졌다.

"맛있다……."

중얼거리다가 얼굴을 찌푸렸다. 목 상태가 이상한지, 목소리가 웅웅 울려서 들렸다. 유리창 건너편에서 말하는 듯한 목소리다.

신지는 문득 고개를 들었다가 크게 소리를 지를 뻔했다. 고양이 식당에 이변이 일어나고 있었던 것이다.

"……어디로 가버린 거지?"

우선 가이와 고토코의 모습이 보이지 않았다. 방금 전까지 눈에 보이는 장소에 있었는데, 기척조차 없이 사라졌다.

그것뿐이라면 다른 데로 갔다 보다 생각하겠지만, 이상한 일은 그것만이 아니다. 구름 속에 들어온 것처럼 짙은 안개가 식당 안을 가득 채우고 있다.

영문을 알 수 없는 상황이지만, 신기하게도 무섭지는 않았다. 안개에 휩싸여 있으니 기분이 편하고 안심이 되었다.

신지는 의자에 앉은 채 움직이지 않았다. 그때, 발소리가 들려왔다. 조개껍데기를 밟는 소리다. 식당 밖의 발소리가 여기까지 들릴 리가 없는데 분명히 들렸다. 가까이 다가온다. 이쪽으로 오고 있다.

영감도 없고, 육감이 좋지도 않은 편이지만, 이때만은 뭔가를 예감했다. 누가 오고 있는지 알 수 있었다.

맞이하러 가려고 했지만, 신지가 일어나는 것보다 먼

저 식당 문이 딸랑딸랑 소리와 함께 열렸다.

창밖이 보이지 않을 정도로 짙은 안개 속이었지만, 발소리 주인의 얼굴은 또렷이 보였다. 예감은 적중했다. 상상 그대로였다.

"어머니……."

유백색 안개 속에서 신지는 중얼거렸다. 돌아가신 어머니가 고양이 식당에 나타난 것이다.

인간은 죽으면 불태워져 뼈만 남는다. 일본에서는 어지간한 사정이 없는 한 화장을 한다. 어머니도 화장해서 뼈가 되었다.

화장장에서 시신을 화장한 뒤, 그날 바로 안치하는 것이 이 지역의 풍습이다. 일반적으로는 사십구재나 1주기의 법회 때 유골을 안치하는 모양이지만, 신지의 조부모도, 아버지도 화장을 한 뒤 바로 묘에 안치했다. 그러니까 어머니의 시신은 이 세상 어디에도 남아 있지 않다.

하지만 눈앞에 나타난 어머니는 육체를 갖추고 있는 것처럼 보인다. 마지막으로 만났을 때, 신지를 고향집에서 내쫓던 때와 같은 모습을 하고 있다. 복장까지도 똑같았다.

어머니가 다가와서 테이블 맞은편 자리에 앉았다. 오랜만에 만난 어머니는 서먹한 얼굴을 하고 말이 없었다. 신지 역시 말이 없었다.

분명 하고 싶은 이야기가 있었는데, 말을 잃어버리고 말았다. 어머니가 나타나는 대신 말이 어딘가로 가버린 것처럼.

— 소중한 사람과 만날 수 있는 것은 음식이 식기 전까지예요.

노부인은 그렇게 말했다. 추억 밥상의 온기가 사라지면, 고인도 사라진다. 신지는 테이블 위를 보았다. 김이 들어간 된장국의 온기가 사라지기 시작했다. 기적의 시간은 곧 끝난다.

어머니도 그 사실을 알고 있을 텐데, 아무 말도 하지 않는다. 신지의 말을 기다리고 있는 것이다.

마지막으로 만날 날의 기억이 선명하다. 어머니가 화를 내며 뱉은 말이 아직 머릿속에 남아 있다. 그때의 이야기부터 시작해야 한다는 것을 알고는 있었지만, 뇌와 혀가 얼어붙은 듯이 움직이지 않았다.

도저히 입이 떨어지지 않았다.

조급해 할수록, 말은 멀어진다.

마흔이 지나면 사람은 포기하는 데 익숙해진다. 이때도 어머니와 이야기하는 것을 거의 포기하기 직전이었다. 그런 마음을 멈춘 것은 고양이의 울음소리였다.

"냐아아."

발밑에서 소리가 들려왔다. 이름이라도 불린 것처럼 시선을 아래로 향하자 미미가 있었다. 이동장에서 빠져나와 어머니 쪽을 향해 걸어가고 있다. 가이와 고토코는 사라져 버렸지만, 고양이는 남아 있었던 모양이다.

땅딸막한 몸으로 미미는 주저하지 않고 걸어갔다. 그리고 어머니 옆으로 가 인사를 건네듯이 다시 울었다.

"냐아."

소리가 울리기는 했지만, 천진난만한 울음소리였다. 지금도 어머니를 친근하게 생각하는 것이다.

"미미야……."

이름을 부르자 어머니의 눈에서 눈물방울이 떨어졌다. 테이블 위에 뚝뚝 물방울 자국이 생겼다. 눈물을 닦을 생각도 않고, 어머니는 신지와 미미에게 머리를 숙였다.

"심한 말을 해서 정말 미안하구나."

마지막으로 만났을 때의 일을 사과하고 있다. 죽었어도 그 일이 마음에 걸리는 모양이다.

일방적으로 심한 말을 듣고 상처를 입었지만, 지금은 어머니의 잘못이 아니라는 것을 안다. 신지는 어머니의 비밀을 알고 있다. 이제 와서는 숨길 필요도 없어진 비밀이다.

신지는 울고 있는 어머니를 위로하듯이 말했다.

"사과하지 않으셔도 돼요. 어머니는 병에 걸려 있었던 거죠?"

어머니의 장례식 날은 찬 바람이 부는 추운 날이었다. 난방 기구가 고장 났는지 장례식장이 추워서, 숨 쉴 때마다 하얗게 김이 보일 정도였다.

장례식 절차가 끝난 뒤, 신지는 혼자서 고향 집을 찾았다. 이제 아무도 살지 않게 되었으니 처분해야 한다. 건물도 철거하는 편이 좋을 것이다. 다시 한번 상태를 확인할 생각이었다.

어머니가 쓰러진 직후에도 와보기는 했지만, 문단속만 하고 바로 병원으로 향해야 했다. 그 후로는 들를 틈이 없었다.

뜰에는 이름 모를 하얀 꽃이 피어 있었다. 작은 꽃송이가 꽃다발처럼 잔뜩 모여서 피어나는 식물이다. 어릴 때부터 심겨 있었지만 어머니에게 이름을 물어볼 생각도 하지 않았다.

고향 집에는 추억이 스며 있다. 초인종을 누르면 부모님이 대답해 줄 것만 같다. 물론 집에는 아무도 없다. 나를 키워준 부모님은 모두 세상을 떠났다.

신지는 문을 열고 현관으로 들어갔다. 아무도 살지 않는 집은 냉기가 돌아서, 다른 데보다도 겨울의 밀도가 높은 기분이 든다.

아무도 없는 낡은 집에 들어가 어두컴컴한 복도를 걸어 안쪽 방으로 들어갔다. 어머니가 주무시던 방이다. 다다미도, 창문에 걸린 커튼도 색이 바랬다.

하지만 방은 잘 정리되어 있었다. 갑자기 돌아가셨을 텐데도, 다다미 위에는 쓰레기 하나 떨어져 있지 않다. 평소에 항상 깨끗하게 사용하고 있었을 것이다.

어머니의 방에는 자명종 시계가 있었다. 건전지가 다 떨어졌는지, 바늘은 움직이지 않는다. 이미 어머니에게 아침을 알릴 필요가 없어진 것을 알고 멈춰버린 것처럼 보였다.

방 한가운데에는 작은 1인용 탁자가 있고, 그 위에 책이 몇 권 놓여 있다. 어머니가 직접 산 것일 거다.

회사를 쉬고 어머니의 방에 있으려니, 일상이 멀어지면서 마흔다섯의 인생이 거짓말처럼 느껴졌다. 이렇게 나이를 먹었다니, 믿어지지 않는다.

하지만 믿을 수밖에 없다. 탁자 위에 놓인 책의 제목이 신지에게 그것을 가르쳐주었다.

치매.

탁자 위에 놓인 모든 책에 쓰여 있는 단어. 일반인을 위한 건강 서적이다.

가슴이 답답해졌다. 도망치고 싶지만, 눈을 돌릴 수가 없다. 알아둘 필요가 있었다.

신지는 색 바랜 다다미에 앉아 어머니가 남긴 책을 읽기 시작했다.

"치매였던 거죠?"

고양이 식당에서 신지는 어머니에게 물었다. 이제 와서 생각하니 마음에 짚이는 것이 있었다. 어머니의 책에서 얻은 지식이지만, 치매 초기 증상 중 하나로, 과민성 Irritability이라는 것이 있다. 감정을 억제하지 못하게 되고, 건망증으로 인한 불안 때문에 심한 스트레스를 느낀다. 그 결과 화를 내기 쉬워진다.

그때 어머니는 신지가 집에 오는 것을 잊어버리고 있었다. 그리고 갑자기 화를 냈다. 책에서 본 증상과 맞아떨어진다.

"모르겠구나. 검사를 안 받아봤으니까."

그것이 어머니의 대답이었다. 그 마음은 신지도 이해할 수 있었다. 치매라고 판정받는 것이 무서웠을 것이다. 몸 상태가 나빠져도 병원을 기피하는 사람은 드물지 않다.

다만 실제로 정말 치매였는지는 알 수 없다. 나이를 먹으면 피곤해지기 쉽고, 사소한 일에도 짜증이 나는 법이다. 마흔다섯 살인 신지도 마찬가지다. 예전보다 화를 잘 내고, 속이 좁아졌다. 나이를 먹는다는 것은 아름다운 일만은 아닌 것이다. 다정한 모습 그대로를 지키기는 쉽지 않다.

— 노인이라고 가족과 싸우고 싶은 사람이 어디 있겠어요.

어머니의 친구인 노부인은 이렇게 말했다. 어머니가 치매일지도 모른다고 가르쳐준 것도 그분이었다.

묻기 전에 알았어야 했다. 나이를 먹으면 치매가 생길 수 있다고 머리로는 알고 있었음에도, 어머니에게 그런 병이 생기리라고는 생각도 하지 못했다.

어머니의 방에서 책을 발견한 뒤, 신지는 불단이 있는 방에 가서 아버지의 사진 앞에서 사죄했다. 아버지, 죄송합니다. 어머니를 혼자 지내게 해서 죄송합니다. 이렇게 말하며 머리를 숙였다.

고양이 식당을 찾아온 것은 어머니에게 사과하기 위해서였다. 죄송하다고 생각하는 것이 있었다.

"어머니, 죄송해요. 아무것도 해드리지 못했어요. 함께 있지도 못하고, 힘이 되어드리지도 못해서 죄송해요."

일이 바쁘다는 핑계로 어머니를 혼자 내버려두었다. 사람은 늙기 마련이라는 사실을 외면하고 있었다. 혼자

외로이 죽어간 어머니를 생각하면 가슴이 찢어질 것 같았다. 자신은 불효자라고 생각했다.

참지 못하고 눈물을 흘렸다. 눈물이 볼을 타고 떨어진다. 머릿속에는 다정했던 어머니에 대한 기억이 맴돌았다. 먼 옛날에 들었던 말이 떠올랐다.

결혼했을 때, 그리고 유토가 태어났을 때, 어머니는 눈물을 흘리며 기뻐해 주었다. 그리고 이렇게 말했다.

앞으로는 너의 가족을 위해 살아.
미호와 유토를 행복하게 해주는 것만 생각하면 돼.
아버지와 어머니에 대해서는 잊고 살아도 괜찮아.

"죄송해요. 정말 죄송해요."
어린 시절로 돌아간 것처럼 용서를 빌었다. 먼 옛날, 초등학생 시절 장난을 쳐서 아버지께 야단을 맞았을 때도 이렇게 빌었다.

고지식한 기질의 아버지는 엄한 분이었다. 항상 혼나기만 했다. 한밤중에 시끄럽게 굴다가 집에서 쫓겨날 뻔한 적도 있다. 그때도 울면서 용서를 빌었다. 용서받은 뒤에도 혼자서 캄캄한 어둠 속에 남는 것을 상상하면 무서워서 눈물이 멈추지 않았다.

그로부터 40년 가까운 세월이 흘렀지만, 신지는 여전히 울면서 용서를 빌고 있다. 그리고 어머니도 변함없이 그때처럼 완전히 중년의 나이가 된 아들을 위로해 주었다.

"괜찮아. 울지 마."

대사까지 똑같았다. 어머니의 말은 언제나 다정하다.

"이제 다 컸잖아."

그런 말을 들어도 눈물은 멈추지 않는다.

어머니의 방에서 발견한 것은 치매에 관한 책만이 아니었다. 키 낮은 책장에 신지의 가족사진이 장식되어 있었다. 유토도 있고 미미도 있다. 올해 초에 새해를 맞아 찍은 것이다. 그때는 어머니만이 아니라 아버지도 살아 계셨다.

부모님까지 다 함께 찍은 사진도 있었지만, 어머니는 노부부의 존재를 지우려는 것처럼 신지의 가족만 있는 사진을 놓아 두었다.

거기에는 사인펜으로 글자가 쓰여 있었다. 후루카와 신지, 후루카와 미호, 후루카와 유토, 미미라고 이름이 쓰여 있고, 그 아래 메모가 적혀 있었다.

소중한 가족.

물론 어머니의 글씨다. 그렇게 잘 쓴 글씨는 아니지만,
또박또박 쓰여 있다. 잊어버리지 않도록 써둔 것이다. 치
매를 두려워하면서, 아무도 없는 집에서 사인펜을 움직
이는 어머니의 모습이 떠올랐다.
새해에 만났을 때, 어머니는 신지에게 말했다.

우리에 대해서는 잊고 있어도 괜찮아.
부모를 떠올릴 틈도 없을 정도로 바쁘게 사는 편이 엄
마는 기쁘단다.
부모에 대해서는 잊고 지내는 게 가장 큰 효도라고 생
각해.
그만큼 중요한 다른 것이 생겼다는 뜻이니까.
아버지나 어머니보다도 소중한 것이 생겼다는 거니까.

— 나이를 먹으면 옛날 생각을 하는 것밖에 즐거울 일

이 없답니다. 노인이 옛날이야기만 늘어놓은 것은 아마 그 탓일 거예요.

어머니의 친구인 노부인은 이렇게 말했다. 어머니는 신지의 가족을 만나러 오지도 않고, 사진만 보면서 옛날 일을 생각하고 있었던 것이다.

아버지가 안 계신 집에서 사진을 보며 말을 거는 어머니의 모습이 눈에 보이는 듯했다. 목소리까지도 들려오는 듯했다.

지금쯤 뭘 하고 있을까?
미호와 싸우지나 않았으면 다행이련만.
유토는 교토에서 공부 잘 하고 있겠지?
미미는 낮잠을 자고 있으려나.

어머니는 미소 짓고 있다. 때때로 확인하는 말투가 되는 것은 잊어버리지 않도록 마음속으로 다짐하고 있기 때문일 것이다.

그러나 늙음은 그런 사소한 즐거움마저도, 오래된 추억마저도 빼앗아 버린다.

완전히 착하기만 한 사람은 이 세상에 없다. 낙담할 때가 있는가 하면, 불합리하게 화를 낼 때도 있다. 모두들 그렇게 약점을 숨기고 살아가는 것이다. 그러나 늙음은 그것을 숨길 기력마저 빼앗는다.

아니, 그렇지 않다. 모든 것을 나이 탓으로 돌려서는 안 된다. 어머니가 혼자서 죽어간 것은 나 때문이다.

어머니를 고독사하게 내버려 두었다는 후회가 신지의 마음을 괴롭혔다. 일이 바쁘다는 핑계로, 시간이 약이라는 말로 도망쳐 버렸다.

"죄송해요."

신지는 다시 사과했다. 사과하는 것밖에 할 수 있는 것이 없었다. 되돌릴 수 없는 잘못을 저질러 버렸으니까 용서받지 못하더라도 어쩔 수 없지만 사과는 해야 한다.

어머니는 말귀를 못 알아듣는 어린애를 달래듯이 말했다.

"사과하지 않아도 돼. 너는 아무 잘못도 하지 않았으니까."

속마음을 말하자면 그 말에 고개를 끄덕이고 싶었다. 어렸을 때라면 그랬을 것이다. 하지만 마흔다섯이 된 신지는 그 말에 응석을 부릴 수가 없다.

"제가 잘못했는걸요."

잘못한 것이 당연하다. 어떤 사정이 있든지, 자신을 낳아준 어머니를 고독사로 몰아넣은 셈이니까.

하지만 어머니는 고개를 저었다. 신지의 말에 이의를 제기한 것이다.

"혼자서 죽는 것도 부모의 역할이야. 게다가 마지막까지 너희에 대해서 잊어버리지 않을 수 있었으니까, 고독하지 않았어. 너와 미호, 유토 덕분에 행복한 인생이었단다."

반론할 수가 없었다. 어머니의 말이 마음 깊이 스며든 것은 신지 자신도 부모이기 때문일 것이다. 교토에 있는 아들 유토를 생각했다. 학문에 뜻을 두고 연구하며 살겠다는 유토의 희망이 이루어진다면, 두 번 다시 만나지 못한다 해도 신지는 행복하다.

사람은 기억에서 사라지기 위해 살아가는 것인지도 모른다. 이 세상 대부분의 사람은 시간이 지나면 이 세상에 존재했던 것마저 잊히게 된다.

"너의 삶을 소중히 여기렴. 지금의 행복을 아낄 줄 알아야 해."

인생은 덧없는 것이기 때문에 모든 순간을 더욱 소중히 여겨야 한다. 그것을 어머니가 가르쳐주었다.

신지는 계속 울었다. 하지만 그것은 슬픔의 눈물만은 아니었다. 그러자 어머니가 살짝 편잔 주듯이 말했다.

"그렇게 울기만 하면 미미가 보고 웃겠어."

그러자 타이밍 좋게 줄무늬 고양이가 울었다.

"냐아."

미미는 자신의 이름이 불려서 운 것일 뿐 사람의 말을 이해한 것은 아니겠지만, 신기하게도 진지한 얼굴을 하고 있다.

그것이 우스워서 신지는 저도 모르게 웃고 말았다. 눈물을 흘리면서 웃을 수 있었다.

"이제 괜찮을 것 같구나."

어머니는 그렇게 중얼거리며 한시름 놓은 표정이 되었다. 자식이 울고 있으면 부모는 마음 편히 쉴 수가 없다. 자식이 몇 살이 되든, 아무리 멀리 있든, 언제든 내 자식이 웃고 있기를 바라는 것이 부모의 마음이다.

어머니가 자리에서 일어나, 신지에게 말했다.

"이제 슬슬 가봐야겠구나."

놀라지 않은 것은 테이블의 요리가 거의 다 식었다는 것을 눈치채고 있었기 때문이다.

"맛있게 잘 먹었다."

어머니가 말했다. 요리가 줄어들지는 않았지만, 부처님은 향을 피운 연기를 먹는다는 말이 있다. 추억 밥상의 김을 먹었을 것이다.

붙잡고 싶었지만, 죽은 자는 이 세상에 머물 수 없다. 억지로 붙잡았다가는 어머니가 성불하지 못하게 된다. 이제 병이 없는 저세상에서 편히 지내시기를 바랄 뿐이다. 신지는 마지막으로 어머니에게 말했다.

"어머니, 고맙습니다."

입밖에 낸 말은 한 마디뿐이지만, 많은 마음을 담았다.

낳아주셔서 고맙습니다.

키워주셔서 고맙습니다.

만나러 와주셔서 고맙습니다.

어머니가 살아계실 때는 하지 못했던 말이다. 좀 더 빨리 말할 걸 그랬다. 인생은 후회투성이다. 눈치챘을 때는 이미 늦어버린 경우가 너무 많다.

감사의 말도 어머니께는 간신히 전했지만, 아버지께
는 말하지 못했다. 신지는 어머니에게 부탁했다.

"아버지께도 감사하다고 전해주세요."

그러나 어머니는 고개를 끄덕이지 않았다. 저세상에
서 아버지와 만나지 못한 것일까?

질문할 틈은 없었다. 어머니의 모습이 흰 그림자가 되
어서 안개 속으로 녹아 들어 가듯이 사라졌다. 하지만 완
전히 사라진 것은 아니라서 목소리는 들을 수 있었다.

"너의 어머니가 되어서 행복했단다. 저세상에 가서도
너희 가족을 잊지 않을 거야."

바닷바람을 느낀 것은 그 말이 끝난 순간이었다. 시선
을 돌리자 문이 열려 있었다. 계속 열려 있었는지, 누군
가가 연 것인지는 알 수 없다.

다만 하늘도, 바다도 보이지 않았다. 강한 빛이 난반사
를 일으킨 것처럼, 바깥세상은 희뿌옇게 환했다.

그림자는 보이지 않았지만, 따뜻한 기척이 느껴졌다.
그리고 어머니의 목소리가 들렸다.

"네 아버지가 마중을 나왔어."

어느새 어머니는 문 저편으로 이동해 있었다. 어머니만이 아니라 또 한 사람, 아버지의 기척이 느껴졌다.

추억 밥상의 효과는 어머니에게만 통하는 모양이다. 아버지는 아무 말도 하지 않았다. 그럼에도 이쪽을 보고 있다는 것을 알 수 있었다.

신지는 자리에서 일어나 보이지 않는 부모님을 향해 머리를 숙였다. "행복한 인생을 주셔서 감사합니다." 하고 말하며 깊이 머리를 숙였다.

하지만 역시 대답은 돌아오지 않았다.

부모님이 아무 말도 하지 않은 것이 아니라 신지의 귀에 도달하지 않았을 뿐인지도 모른다. 추억 밥상이 완전히 식으면서, 기적의 시간은 끝이 났다.

부모님의 기척이 멀어졌다. 신지는 계속 고개를 숙이고 있었다. 남아 있던 눈물방울이 뚝 떨어졌다.

"냐앙."

헤어짐을 고하듯이 미미가 울었다.

딸랑딸랑. 도어벨이 울린 듯한 느낌이 들었다.

고토코는 입구 쪽을 바라보았지만, 문은 닫혀 있다. 창밖을 보아도 괭이갈매기가 모래 해안을 걷고 있을 뿐, 사람의 기척은 없었다.

도어벨 소리가 먹먹하게 울려서 들렸다. 과거에도 이렇게 먹먹한 도어벨 소리를 들은 적이 있다.

죽은 자가 떠나간 것이다.

식어버린 추억 밥상을 보면서 고토코는 그렇게 생각했다.

물론 그것은 상상에 지나지 않는다. 죽은 자와 만날 수 있는 것은 추억 밥상을 먹은 사람뿐이다. 바로 옆에 있어도 죽은 자를 보는 것은 불가능하고, 무슨 일이 일어나는지도 알 수 없었다.

하지만 따뜻한 공기가 느껴질 때가 있다. 보이지 않는 누군가가 고양이 식당을 방문했다고 생각하게 될 때가 있다.

도어벨 소리를 들은 것은 고토코만이 아니었다. 가이가 창가의 테이블로 다가가 신지에게 말을 걸었다.

"식후의 녹차를 가져왔습니다."

평소와 다름없이 우려낸 녹차였다. 고양이 식당에서는 지바현 사쿠라시에서 수확된 향이 깊은 찻잎을 사용하고 있다.

가이의 목소리보다도 녹차의 향기에 반응한 것처럼, 신지가 얼굴을 들었다. 평온한 표정이었지만, 눈에는 눈물이 빛나고 있다.

죽은 사람을 만날 수 있었느냐고, 이쪽에서 물어보는 법은 없다. 무슨 일이 있었는지 먼저 이야기하는 사람이 있는가 하면, 아무 말 없이 돌아가는 사람도 있다. 신지는 후자였다.

"맛있게 잘 먹었습니다."

계산을 마치고 자리에서 일어섰다. 맛있다고 말한 것은 빈말이 아닐 것이다. 가이가 만드는 요리에는 다정한 온기가 있다. 그는 어머니가 남겨준 노트를 참고해서 요리를 만들고 있다.

"정말 맛있었어요."

신지가 뭔가를 곱씹는 말투로 다시 한번 말했다. 고맙다고 중얼거린 듯이 들렸지만, 고토코의 기분 탓인지도 모른다. 고양이 식당에서는 말 이상의 뭔가가 들리는 일이 있으니까.

"최고의 추억 밥상이었습니다."

신지의 찬사에 반응한 것은 가이도, 고토코도 아닌 꼬마였다.

"냐앙."

잠들어 있던 꼬마가 꼬리를 바짝 치켜세우고 자랑스러운 표정을 지었다. 마치 자기가 칭찬을 받은 줄 아는 것 같았다.

네 번째 사랑

줄무늬 고양이와

유채 정식

마더 목장의 유채꽃

가노잔*에 있는 목장 테마파크인 마더 목장은 대규모 유채꽃밭을 산책할 수 있는 것으로도 유명하다. 목장 서쪽의 '꽃의 언덕'에는 언덕 가득 노란 융단을 깔아 놓은 듯이 유채꽃이 핀다. 개화기가 같은 매화꽃과 함께 어울려 피어 있는 광경 또한 즐길 수 있다. 또한 양, 카피바라, 알파카, 소 등 다양한 동물을 만날 수 있어 어린이부터 노년층까지 누구나 봄이 찾아온 것을 즐길 수 있다.

목장 내의 산책로는 대부분 포장이 되어 있어서 휠체어로도 둘러볼 수 있다.**

* 지바현 기미쓰시에 있는 해발 379m의 산. 겹겹이 보이는 산의 능선과 운해가 아름답기로 유명하며, 일출의 명소이기도 하다.

* 출처: 지바현 홈페이지

추억 밥상을 주문한 손님이 돌아가면 고양이 식당은
문을 닫는다.

 원래 오전 시간에만 영업을 하고 있고, 추억 밥상을
내는 날에는 다른 손님을 받지 않으므로 또 누가 올까
신경쓸 필요도 없다.

 이날도 그랬다. 오전 11시가 되기 전에 뒷정리가 끝났
다. 고토코의 근무 시간도 이걸로 끝이다.

 돌아갈 준비를 마치고, "수고하셨습니다" 하고 인사를
하려 했을 때, 가이가 조심스럽게 이렇게 제안했다.

 "유채꽃 보러 가지 않을래요?"

 의외의 말이었다. 역까지 바래다 준 적은 있었지만, 어
딜 가자는 말을 들은 것은 처음이다.

고토코는 극단에 소속되어 있지만, 오늘은 연습이 없는 날이다. 다른 일정도 없어서 시간은 얼마든지 있다. 설령 시간이 없어도 어떻게든 시간을 만들려 했을지도 모른다.

"좋아요."

작게 고개를 끄덕였다. 가이와 함께 있고 싶다는 마음은 있었지만, 차마 그런 말을 할 수는 없다. 고토코는 겁쟁이에 부끄러움이 많아서 자신의 마음을 숨기는 데 익숙하다. 이때도 자신의 마음을 숨기려고 다른 말을 꺼냈다.

"유채는 지바현의 꽃이죠?"

지바현에는 유채꽃을 심은 관광 명소도 많다. 이를테면 마더 목장에는 350만 포기의 유채꽃이 심겨져 있다. 거기까지 가지 않더라도 고양이 식당 옆에 있는 고이토가와 강가의 보행자 전용 산책로에서도 유채꽃을 볼 수 있다.

다만 유채꽃은 아직 필 시기가 아니다. 빠른 곳에서는 1월부터 피기 시작하지만, 일반적으로는 2월부터 4월 중순까지가 한창이라고 한다. 아니면 어디에 빨리 피는 유채꽃이 있으니 보러 가자는 것일까?

이런 의문을 입에 올리자, 가이가 대답했다.

"아니요, 아직 피지 않았어요. 꽃봉오리 상태의 유채꽃을 보러 가려고 해요."

그 말을 들으니 머릿속에 문득 이런 말이 떠올랐다.

'이제 먹기 좋을 시기이긴 하네요.'

그렇게 말하려다 당황해서 말을 삼켰다. 곧 제철인 것은 맞지만, 그런 말을 하면 먹는 것만 생각하는 사람처럼 느껴진다. 식탐이 있는 것처럼 보일 것이다.

"무슨 문제라도 있나요?"

"아니요."

볼을 빨갛게 물들이고 고개를 젓는 고토코를 꼬마가 이상하다는 듯이 바라보았다.

외출할 때, 가이는 꼬마를 데려가지 않는다. 거기에는 이유가 있다.

"이동장에 들어가는 것을 싫어하거든요."

탈주 본능이 있는 것에서 예상했지만, 갇히는 것을 싫어하는 모양이다. 이때도 가이가 이동장을 꺼내왔지만,

꼬마는 들어가고 싶어 하지 않았다.

"냐아앙."

고집스럽게 안락의자에서 내려오려 하지 않는다. 부모의 원수라도 되는 양 고양이용 이동장을 노려보고 있다. 가슴줄을 채우는 것도 싫은 모양이다.

동물병원에 데려갈 때처럼 사정이 있다면 어쩔 수 없지만, 오늘은 유채꽃을 보러 가는 것뿐이다. 억지로 데려갈 필요는 없어 가이는 곧 포기했다.

"그럼 집을 잘 보고 있을 수 있겠지요?"

"냐아."

대답이 빨랐다. 고양이용 이동장으로부터 얼굴을 휙 돌리고 안락의자 위에 누워 몸을 둥글게 말았다. 가이가 돌아올 때까지 자고 있을 생각인 모양이다.

"그럼 가볼까요?"

가이가 에스코트 하듯이 입구의 문을 열었다.

고양이 식당은 그리 넓지 않다. 몸이 닿을 뻔해서 고토코는 다시 얼굴을 붉혔다. 이번에는 꼬마가 이쪽을 보고 있지 않았다.

고양이 식당의 문 저편에는 언제나처럼 바다와 하늘이 펼쳐져 있다.

왜옹왜옹 괭이갈매기가 울고 있을 뿐, 눈에 보이는 사람은 아무도 없다. 고토코와 가이뿐이었다.

"춥지는 않아요?"

"괜찮아요."

그런 대화를 주고받으면서 둘은 괭이갈매기가 우는 모래 해안을 지나 고이토가와를 따라 난 길로 올라갔다.

아스팔트가 오래되어서 도로에 그려진 선이나 글자가 희미해져 있었다. 거리의 풍경은 어린 시절과 거의 달라진 것이 없다고, 이전에 가이가 말한 적이 있다.

집들이 보이기는 했지만 모두 오래되어 낡았고 빈집처럼 고요했다. 여전히 사람은 아무도 보이지 않았다.

둘이서 얼마나 걸었을까? 갑자기 집들이 사라지고, 유채밭이 나타났다. 잘 가꾸어진 넓은 밭이었다. 초록빛이 끝없이 펼쳐져 있었다.

시나현에서 관광 명소로 조성한 곳인가 생각했지만, 그게 아니라 개인 소유의 밭이라고 가이가 알려주었다.

"어머니가 식당을 운영하실 때부터 오시던 손님의 밭

입니다."

고양이 식당에는 고토코가 모르는 단골손님이 많다. 아르바이트를 시작한 지 한 달 정도밖에 지나지 않은 데다가, 추억 밥상의 예약이 있는 날만 주로 일하니까 모르는 것도 당연하다.

고토코의 오빠도 고양이 식당의 단골손님이었다. 여행을 겸해서 오토바이를 타고 오곤 했다니 이 풍경을 본 적이 있을지도 모른다.

정말로 그런 적이 있었을지 확실하지 않지만, 고토코의 머릿속에는 오토바이를 세워두고 유채밭을 바라보는 본 적도 없는 오빠의 모습이 떠올랐다.

슬픔의 파도에 휩쓸려 갈 뻔한 순간, 가이의 목소리가 들려왔다.

"사실은 꽃이 핀 뒤에 오고 싶었지만요."

시선을 돌리자, 가이가 쓸쓸한 얼굴로 유채밭을 바라보고 있었다. 그 표정 그대로 중얼거리듯이 말을 이었다.

"곧 사라지거든요."

"사라진다고요?"

"네."

고개를 끄덕인 뒤에 가이는 사정을 이야기하기 시작했다.

"이 유채밭은 구획정리 대상이 되어서, 해가 바뀌면 이곳에 도로 확장 공사가 시작된다고 합니다."

이 근처는 길이 좁아서 소방차나 구급차가 들어오지 못한다. 지역 자치회의 요청을 받아, 드디어 시에서 구획정리 사업에 착수했다고 한다. 유채밭 근처만이 아니라, 기미쓰시에서 홋쓰시에 걸쳐서 대규모 공사가 진행될 예정이다.

"어쩔 수 없는 일입니다."

그렇게 중얼거리는 가이의 목소리도 역시 쓸쓸하게 들렸다. 당연하다. 가이는 이 마을에서 태어나 자랐으니까, 헤아릴 수 없이 많은 추억이 있을 것이다. 어머니와 함께 유채꽃을 보러 온 적이 있을지도 모른다.

공사가 끝나면 마을이 깨끗하게 정비되고, 소방차와 구급차가 빨리 들어올 수 있게 되니 생명을 구하는 데 도움이 될 수도 있을 것이다. 구획정리는 분명 필요하다. 하지만 그런 한편 잃어버리는 것도 있다.

뭔가를 얻으려면 다른 뭔가를 잃을 수밖에 없다.

살아간다는 것은, 잃어버리는 것.

그리고 인생에는 많은 헤어짐이 있다.

아직 20년밖에 살지 않았지만, 고토코는 그것을 알고 있다. 이미 몇 번이나 이별과 상실을 경험했다. 앞으로도 많은 것을 잃고, 슬픈 이별을 반복할 것이다. 언젠가는 가이와도 헤어질 날이 오겠지.

고토코는 내년이면 사라질 유채밭을 바라보았다.

피기도 전에 잘려나갈 텐데도 유채꽃은 항의할 줄도 모른 채 겨울 햇살을 쬐며 바람에 흔들리고 있다.

"제가 태어나기 훨씬 전부터 여기는 유채밭이었다고 합니다."

가이가 그렇게 말한 순간, 발소리가 다가왔다. 문득 뒤를 돌아보자, 둥근 안경을 쓰고 머리가 벗겨진 노인이 걸어오고 있었다.

"사쿠마 할아버지……."

고토코가 이름을 불렀다. 아는 사람이다. 사쿠마 시게루. 아오호리 역 옆에 있는 안경점의 주인이다. 가이가 쓰고 있는 안경을 산 곳이기도 하다. 가이에게 선물할 안경을 사려고 고토코는 사쿠마 안경점을 찾아갔었다.

참고로 가이의 어머니가 쓰던 안경도 이 노인의 가게에서 맞췄다고 한다. 홋쓰시에서 아버지 대부터 벌써 반세기 이상 이어져 온 오래된 안경점이다. 최근에는 잘 찾지 않게 되었지만, 한때 고양이 식당에도 자주 왔었다고 한다.

가이의 안경을 사러 가서 잠시 만났을 뿐이지만, 그때의 시게루는 장인 정신을 갖춘 안경사라는 인상이었다. 손님 응대에도 빈틈이 없고, 고토코보다도 더 꼼꼼하게 일을 처리했다.

하지만 눈앞에 나타난 시게루는 어딘가 멍해 보였다. 일하는 중이 아니라서 그럴 수도 있지만, 이상하게 더 나이가 들어 보였다. 뭔가 눈에 초점이 없었다.

가이도 물론 시게루를 알고 있다. 공손하게 말을 걸었다.

"안녕하세요. 산책 나오셨나요?"

"아아, 고양이 식당의⋯⋯."

대답은 했지만 목소리도 뚜렷하지가 않고, 그제서야 고토코와 가이가 있는 것을 눈치챈 듯했다. 몸 상태가 좋지 않은 것일까?

고토코와 같은 생각을 했는지, 가이가 걱정스럽게 물었다.

"괜찮으세요?"

"아무렇지도 않아. 그냥 생각할 게 좀 있어서."

고개를 젓더니 이번에는 기운 차린 목소리로 대답했다. 몸 상태가 나쁜 것은 아닌 모양이다.

고토코가 안심하려는 찰나, 시게루가 의외의 말을 꺼냈다.

"다음에 식당에 가도 되겠나?"

갑자기 생각난 듯한 말투였다. 가이가 확인하듯이 되물었다.

"식사를 하시려고요?"

"그래."

시게루는 고개를 끄덕였지만, 시선은 유채밭을 향해 있었다. 이 노인도 유채밭을 보러 온 모양이었다.

잠시 그대로 멈춰 있다가, 시게루는 가이 쪽으로 시선을 돌리며 조용한 목소리로 말했다.

"추억 밥상을 부탁하고 싶네."

사쿠마 시게루는 여든이 되었다. 팔순을 맞았지만 축하해 주는 사람은 아무도 없었다. 가족 없이 노인 혼자 살고 있다. 시게루의 나이를 아는 것은 의사와 주민센터 직원 정도일 것이다.

하지만 쓸쓸하지는 않았다. 환갑도, 칠순도 혼자서 보내고 보니 이제는 혼자 보내는 것이 당연해졌다. 그렇게 계속 혼자서 살아오고 있다.

시게루가 태어났을 때, 일본은 전쟁중이었다. 언제 폭탄이 떨어질지 모르는 와중에 어린 시절을 보냈다.

그렇게 말하면 전쟁 중의 이야기를 듣고 싶어 하는 사람도 있지만, 어릴 때의 기억은 남아 있지 않다. 도쿄대공습도, 항복 선언도, 나중에 옛날이야기처럼 들어서 알게 된 것이 많았다.

그리고 그 옛날이야기의 대부분은 부모님에게서 들은 것이다. 시게루의 아버지는 전쟁에 나가지 않았다. 장남이었기 때문이다.

그 대신 동생이 사이판에서 전사했다. 정말인지 모르지만, 당시에는 집안의 장남은 징병을 면제받는 경우가 있었다고 한다.

"동생은 나 대신 죽은 거야."

아버지의 말버릇이었다. 술만 마시면 눈물을 흘리며 불단을 향해 미안하다고 머리를 숙였다. 그 습관은 늙어서 머리가 희어진 뒤로도 몇십 년이나 계속되었다. 지금도 아버지의 그 모습이 떠오를 때가 있다.

전쟁이 끝나고 폐허가 되었지만 일본은 망하지 않았다. 전후의 기적이라 불리는 부흥기가 찾아왔다. 1950년 한국전쟁과 함께 미군의 물자 수요가 발생했고, 그 4년 뒤부터 고도성장기가 시작되었다.

사쿠마 가에도 변화가 있었다. 대대로 농사와 어업을 병행하며 생계를 유지해 왔지만, 아버지가 밭과 배를 팔아버렸다. 돈을 수중에 넣고서야 아버지는 이렇게 말했다.

"안경점을 시작하려고 한다."

의논이 아니라 통보였다. 그 시절의 아버지들은 가족에게 의논 따위 하지 않았다. 어머니도 자신도 이유를 묻지 않았다. 아버지의 남동생이 근시여서 두꺼운 안경을 끼고 있었다는 사실과 관계가 있는지도 모르겠다.

이웃 마을의 안경점에서 몇 년 걸려 기술을 배우고서,

아오호리 역에서 걸어서 5분 거리에 가게를 열었다. 근처에 다른 안경점도 없어서, 가게는 번창했다. 물론 아버지의 실력이 뛰어난 덕분이기도 하다.

기억에 남아 있는 아버지는 장사꾼이라기보다는 장인이라는 인상이었다. 돈을 벌어도 가게를 확장하거나 하지 않고, 안경을 조절하는 기구나 렌즈, 프레임을 들여오는 데 돈을 썼다.

시게루도 학교를 졸업하고는 당연한 듯이 안경 장인이 되었다. 가게를 잇는 것에 의문을 품지도 않았다. 잡일을 하면서 안경 기술을 배웠다. 3년이 지나자 아버지가 안 계셔도 안경을 다룰 수 있게 되었다.

그 무렵이 가게가 가장 번성했던 시기였다. 아버지와 둘이서 많은 안경을 만들었다. 온 마을 사람들이 안경 하면 당연히 사쿠마 안경점을 찾았다.

따로 사람을 고용하지 않고 부모님과 시게루 셋이서 가게를 운영했다. 안경을 만든 기억밖에 없는, 안경 장인으로서는 충실한 나날이었다.

시간은 쏜살같이 흘렀다.

어느 날 문득 정신을 차리자 아버지는 예순이 되어 있

었다. 당시의 예순은 지금과는 비교가 되지 않을 정도로 많은 나이다. 남성의 평균수명이 70세가 되지 않았던 시대의 이야기다.

새해가 다가오던 12월 밤의 일이다. 안경점을 시작할 때와 똑같은 말투로 아버지가 시게루에게 말했다.

"이제 너에게 가게를 물려주기로 했다. 앞으로는 너 혼자서 운영해 보려무나."

환갑이 되었다는 것만이 이유는 아니었다. 몇 달 전, 어머니가 뇌졸중을 일으켜 자리보전을 하고 계시던 상황이었다.

"지금까지 고생을 많이 했으니까, 남은 인생은 어머니와 여유롭게 보내려고 한다. 괜찮겠지?"

"물론이죠."

시게루는 대답했다. 어머니도 아버지와 조용히 지내기를 바라는 것 같았다. 뇌졸중 탓에 말씀은 하지 못하게 되었지만, 아버지가 옆에 있으면 안심하는 표정을 지었다.

하지만 많은 시간을 보내지는 못했다. 아버지가 가게에서 물러난 후 그 다음달의 어느 밤, 어머니는 잠든 듯이 숨을 거두었다. 너무 순식간에 일어난 일이었다.

"옛날부터 그 사람은 성미가 급했어. 이런 일은 서두르지 않아도 좋을 텐데 말이야."

장례식 때 아버지가 말했다. 누구에게랄 것도 없는 중얼거림이었다. 아버지의 눈에 눈물은 보이지 않았지만, 어머니의 관 앞을 떠나지 않았다. 말을 걸어도 움직이려 하지 않았다. 항상 반듯했던 등이 그때는 유난히 굽어 보였다.

그로부터 3개월 뒤 아버지마저 심근경색으로 세상을 떠났다. 구급차를 불렀을 때는 이미 숨을 거둔 상태였다. 성미가 급한 어머니를 따라가기라도 한 듯한 죽음이었다.

시게루에게는 여동생이 있었지만, 다른 지방으로 시집을 가서 이미 오래전에 출산을 하다가 부모님보다도 먼저 세상을 떠났다.

이렇게 해서 시게루는 홀몸이 되었다. 결혼도 하지 않고, 계속 안경을 만들어 팔고 있다. 혼자서 가게를 청소하고, 비가 와도 눈이 와도 가게를 열었다. 사쿠마 안경점의 역사는 시게루의 인생 그 자체였다.

하지만 그것도 이제 끝이다. 올해 말 폐점을 하기로 결정했다. 시게루는 아버지에게 들은 말을 떠올렸다.

"가게를 부탁한다."

돌아가시기 며칠 전에 한 말이다. 그만큼 아버지에게 있어서는 소중한 가게였다.

유언이나 다름없는 말이었지만, 시게루는 가게를 계속할 생각은 없었다. 아버지에게 죄송하다고도 생각하지 않는다. 오히려 너무 질질 끌어왔다고 생각하고 있다.

사쿠마 안경점의 매상은 해가 갈수록 떨어졌다. 대형 매장이 늘어난 탓도 있을 것이고, 나이가 들어 몸이 쇠약해지면서 시게루의 실력이 무뎌진 탓도 있을 것이다.

섬세한 작업을 하지 못하면 안경점은 운영할 수 없다. 최근에는 손님이 한 명도 오지 않는 날이 드물지 않아서, 가게를 열면 여는 대로 적자만 생기는 처지가 됐다. 연금과 저축이 없었다면 분명 입에 풀칠하기도 어려웠을 것이다.

그럴 때 시에서 통보가 날아왔다. 안경점이 있는 부지가 구획정리 대상이 되었다고 쓰여 있었다. 보상금이 나오니까 다른 곳으로 이주해 가게를 열 수도 있겠지만, 이제 와서 새로운 지역에서 장사를 할 기력도 없고 잘될 거라는 생각도 들지 않았다. 이미 시대는 뒤따라갈 수 없을 정도로 바뀌어 있었기 때문이다.

그래서 가게를 닫고 양로원에 들어가기로 했다. 몸을 움직일 수 있을 때 신변 정리를 끝내둘 생각이었다. 고독사를 해서 남에게 폐를 끼치고 싶지 않다.

보상금으로 이미 양로원도 골라두었다. 이 마을을 떠나야 하지만, 죽기 전 마지막 거처로는 부족함이 없는 곳이다.

기미쓰시와 훗쓰시 연안 지역의 수호신이 봉안된 히토미 신사에도 작별 인사를 하러 갔다 왔다.

도쿄만이 내려다 보이는 시시야마 산 정상에 위치한 히토미 신사의 전망대에서는 태어나 자란 마을이 한눈에 내려다보였다. 고이토가와와 바다도 보였다.

마지막 거처를 정하고, 수호신에게 인사도 끝냈다. 꽤 괜찮은 인생이었다. 이제 여한이 없다.

그렇게 말하고 싶었지만, 차마 그 말이 입에서 나오지 않았다. 시게루에게는 아직 마음에 걸리는 일이 하나 있었다.

— 너도 이제 행복해지렴.

부모님이 입버릇처럼 하던 말이다. 또 하나의 유언이기도 하다. 부모님은 아들이 행복하지 않다는 것을 알고 있었던 것이다.

이야기는 지금으로부터 65년 이상 옛날로 거슬러 올라간다. 아직 어린 나이였지만, 시게루에게는 집안에서 정해준 약혼자가 있었다.

그렇게 설명하면 너무 거창할지 모르겠다. 부모끼리 멋대로 정한 결혼 상대였다. 중매가 일반적이었던 시대니까, 부모나 친척이 결혼 상대를 결정하는 경우가 드물지 않았다.

하지만 명문가에서나 있을 법한 격식 차린 관계가 아니라, 언제든지 흐지부지 사라질 수도 있는 정도의 관계였다. 사실 여동생에게도 약혼 상대가 있었지만, 결혼은 다른 사람과 했다.

하나무라 요시코.

시게루의 약혼자 이름이다. 두 살 연하로, 걸어서 오갈 수 있는 거리에 살았다. 아버지들이 어린 시절부터 친구여서, 각기 아들과 딸이 태어나자 결혼을 시키자고 이야기했다고 한다.

부모가 일방적으로 정한 결혼 상대였지만, 시게루는 요시코를 좋아했다. 철 들 무렵부터 그녀를 사랑하고 있었다. 어린애가 뭘 알겠냐고 말할지 모르지만, 요시코에 대한 마음은 사랑 말고는 달리 표현할 길이 없었다.

짝사랑은 아니었다고 생각한다. 시게루와의 결혼을 거절할 수도 있었을 텐데, 요시코는 그러지 않았다. 오히려 매일 시게루의 집에 얼굴을 내밀고, 때로는 안경점 일도 도와주었다.

빨리 결혼하고 싶었지만, 지금 당장은 무리였다. 아버지도 이렇게 말씀하셨다.

"혼례를 올리는 것은 네가 제 몫을 할 수 있게 되고 나서다."

시게루도 그럴 생각이었다. 요시코를 책임져야 하니까, 한 사람 몫을 할 수 있게 된 다음에 결혼하는 것이 당연하다.

납득은 했지만 기다리기는 힘들었다. 열아홉이 되던 해에 반지를 샀다. 한 사람 몫이라 해도 좋을지 모르겠지만, 일단은 안경 장인으로서 평생 일할 자신이 생겼을 때였다. 스무 살이 되면 정식으로 청혼할 생각이었다.

반지를 사고 며칠이 지난 어느 날 저녁이었다. 요시코가 막 문을 닫은 안경점에 찾아왔다.

요시코가 집에 들를 때는 항상 낮이었다. 가게 문을 닫은 뒤 오는 일은 드물다. 게다가 자기가 먼저 찾아와 놓고는 시게루와 눈을 마주치려 하지 않았다. 뭔가 이상했다. 당장이라도 울음을 터뜨릴 것 같은 얼굴을 하고 있었다.

집의 뜰에는 시게루가 태어나기 전부터 심겨 있던 느티나무가 있었다. 시게루의 증조할아버지 대부터 이미 깊이 뿌리를 내리고 있었다는 거목이다. 부모님께 양해를 구하고, 그 느티나무 아래로 가서 이야기를 들었다.

인사도 제대로 하지 않고서 요시코가 말을 꺼냈다.

"약혼을 없었던 일로 해주세요."

그녀의 눈에 눈물이 고이기 시작했다. 예상치 못한 말을 듣고 멍하니 서 있는데, 요시코가 깊이 머리를 숙였다.

"정말 미안해요."

사과하는 그녀를 보고 떠오른 생각은 그녀의 마음이 변했을까 하는 것이었다. 요시코는 용모가 아름다워서 마음을 품고 있는 남자가 많았다. 어느 마을 자치회의 의원집 아들이 요시코에게 반했다는 소문도 있었다.

반면 시게루는 눈에 띄지 않는 외모다. 착해 보인다는 말을 듣기는 하지만, 보잘것없는 안경점 직원에 지나지 않는다. 학식도 부족하고, 내세울 정도의 재산도 없다. 요시코와 어울리지 않는다는 자각도 있었다.

달리 좋아하는 남자가 생긴 걸까?

아니면 시게루에게 이제 질려버린 걸까?

뭐라 물어볼 엄두도 내지 못하고 가슴의 통증을 견디며 멍하니 서 있는데, 요시코가 눈물 젖은 목소리로 말을 이었다.

"여자는 장수하지 못하는 집안이에요."

"뭐야, 그 얘기야?"

시게루는 안심했다. 그 이야기는 들은 적이 있다. 요시코의 집안에서 여자들만이 대대로 빨리 죽었다는 것이었다.

그저 미신일 뿐이라고 시게루의 아버지는 웃어넘겼다. 여자 중에 빨리 죽은 사람이 있는 것은 사실인 모양이지만, 이를테면 요시코의 어머니는 건재하다. 이르게 죽음을 맞은 사례가 몇 번 겹쳤을 뿐일 것이다.

"그런 게 집안 내력이라니 말도 안 돼."

시게루가 말하자 요시코는 작게 고개를 끄덕였다.

"저도 그렇게 생각하고 있었어요."

요시코는 전후 부흥기에 교육을 받으며 성장한 여성인 만큼, 그 이전 세대처럼 오래된 미신에 현혹되는 편은 아니었다.

하지만 상황이 달라졌다. 미신이라고 치부해 버릴 수 없는 일이 일어났다. 요시코와 같은 나이의 여자 친척이, 엊그제 밤에 죽었다는 것이다. 계속 건강했고 병 하나 없었는데, 갑자기 쓰러져 끝내 죽었다고 한다.

요시코는 정말로 두려워하고 있었다. 진심으로 공포에 떨고 있다. 잠도 제대로 자지 못했다고 한다. 새파래진 얼굴로 눈물을 흘렸다. 머리로 생각하기보다 먼저 시게루의 입이 움직였다.

"내가 지켜줄 테니까 괜찮아. 무서워하지 마. 내가 지켜줄게. 평생 요시코를 지켜줄 테니까."

청혼을 한 것이다. 볼이 홧홧해졌지만, 무를 생각은 없었다. 사랑하는 여자를, 요시코를 지키는 것이 내가 해야 할 일이라고 믿었다.

청혼을 받았다는 것을 깨달았는지, 요시코는 갑자기 눈물을 멈추더니 얼굴을 붉혔다. 고개를 푹 숙이기에 그대로 아무 말도 하지 않을 줄 알았다. 하지만 요시코는 곧 얼굴을 들었다. 그리고 또렷한 목소리로 대답했다.

"네."

청혼을 승낙한 것이다. 얼굴만이 아니라 가슴 속까지 후끈해졌다. 방금 전까지 느꼈던 괴로움이 마치 거짓말 같았다.

"잠깐 유채꽃 보러 가지 않겠어?"

요시코에게 권했다. 딱히 꽃을 보고 싶었던 건 아니다. 1분, 1초라도 더 함께 있고 싶었기 때문이다. 입 밖에 내지는 않았지만, 그 마음도 전해진 것 같았다.

"네…… 좋아요."

요시코의 얼굴이 더욱 빨개졌다. 시게루의 얼굴도 새빨갛게 물들었을 것이다. 상기된 볼은 식을 줄을 몰랐다.

어린 시절을 제외하면, 둘이서만 외출하는 것은 처음이었다. 물론 아직 손도 잡아보지 못했다.

60년 전에는 지금보다 밤이 빨리 찾아왔다. 인공적인 빛이 적어서 해가 지고 나면 길까지 어두워진다. 승용차 보유 대수가 현재의 30분의 1 정도였던 시절이다.

하지만 완전히 깜깜하지는 않았다. 자연의 빛이 있었다. 겨울에는 공기가 맑아서, 얼어붙은 하늘에 별빛이 날카롭게 반짝인다. 동그란 달도 얼굴을 내밀어 회중전등을 가지고 있지 않아도 길을 걷는 데 어려움이 없었다.

아오호리 역 부근은 50년대까지만 해도 시가 아닌 농어촌 지역으로, 어업과 농업에 종사하며 생계를 유지하는 사람이 대부분이었다. 그래서인지 해가 지고 나면 지나다니는 사람이 드물었다. 두 업종 모두 아침 일찍 일을 시작해야 하기 때문이다.

젊은 두 사람은 아무도 없는 길을 걸었다. 말은 거의 주고받지 않았지만, "달이 참 아름답네요."라고 요시코가 중얼거렸던 것을 기억하고 있다.

잠들 시간이 된 마을은 조용했다. 수확이 끝난 땅콩밭이 여기저기에 보였다. 가을도 이미 지나, 벌레 소리 하나 들리지 않는 밤이었다.

요시코를 데려간 것은 안경점에서 걸어서 10분 정도

거리에 있는 유채밭이었다. 아는 사람이 밭의 주인이라서 마음대로 가져다 먹어도 된다고 했었다.

이 주변에서는 특별한 사정이 없는 한, 밤중에 농사일을 하는 사람은 없다. 유채밭 주위에도 사람은 아무도 없었다.

그러나 생물은 있었다. 고양이다. 갈색 바탕에 줄무늬가 있는 아기 고양이가 유채밭 옆의 길가에 오도카니 앉아 있었다.

농가에서 키우는 고양이일지도 모른다. 본 적이 없는 고양이지만, 털이 깨끗하고 사람을 잘 따랐다. 시게루와 요시코가 가까이 다가가도 도망도 가지 않고, 경계심 없는 소리로 울었다.

"냐아⋯⋯."

"안녕."

요시코가 인사를 건넸다. 얼굴에 웃음이 떠올라 있다. 요시코는 고양이를 좋아했다. 재작년에 죽었지만, 요시코의 집에서도 고양이를 키우고 있었다. 생각해 보니 눈앞에 있는 고양이와 똑같은 줄무늬 고양이였다.

"너희 집은 어디니?"

유채꽃은 뒷전인 채 아기 고양이와 놀기 시작했다. 시게루는 그 모습을 보고 가정을 꾸리게 되면 고양이를 키워야겠다고 생각했다. 웃음이 멈추지 않는 집이 될 것 같았다.

그런 상상을 하면서 아기 고양이와 노는 요시코를 보고 있었다. 계속 이렇게 있고 싶었지만, 너무 밤 늦게 돌아가면 요시코가 야단을 맞을 것이다. 적당한 때를 보아서 시게루는 말을 걸었다.

"슬슬 돌아가자."

"그래요."

요시코는 순순히 고개를 끄덕이고 줄무늬 아기 고양이에게 "잘 있어." 하고 인사를 건넸다. 그러자 고양이가 사람의 말을 알아듣는 것처럼 대답했다.

"냐아아."

시게루도 웃고 말았다. 아기 고양이에게 손을 흔들고, 두 사람은 집으로 돌아가기 시작했다. 시게루는 요시코를 집까지 데려다주었다.

요시코와 헤어진 뒤에도 밤하늘에 달이 떠 있었다. 그 달 역시 아름다웠다.

다음날 저녁 무렵, 요시코가 다시 안경점에 찾아왔다. 어제와 달리 결혼을 그만두겠다고 말하러 온 것은 아니었다.

"요리를 만들려고요."

유채를 한 자루 가득 가져왔다.

"이렇게 많이 얻어왔지 뭐예요."

시기가 조금 빠르다 싶었지만, 밭에 따라서는 수확이 시작된 곳도 있는 모양이다. 다 똑같은 유채라고 해도, 여러 가지 종류가 있다.

"요시코가 요리를 해준다니 정말 고맙구나."

시게루의 부모님은 기뻐했다. 한 살 아래인 여동생이 얼마 전에 시집을 가서 쓸쓸해하던 차였다.

"대단한 건 못 만들지만요."

그렇게 말했지만 요시코는 요리를 잘했다. 맛있을 뿐 아니라 차려낸 모양새도 참 보기 좋았다. 얼마 안 되는 시간 동안 여러 가지의 유채 요리를 해주었다.

어머니는 요리에 감탄하더니 요시코를 꼬드기기 시작했다.

"빨리 우리 집에 시집오렴."

"네에······."

기어 들어가는 목소리였지만 요시코는 또렷이 그렇게 말했다. 시게루는 얼굴을 붉혔고, 아버지가 재미있다는 듯이 웃었다. 그 자리에 있던 모두가 시게루와 요시코가 부부가 될 거라고, 당연히 결혼할 거라고 믿고 있었다.

하지만 요시코가 시게루에게 시집을 오는 일은 없었다. 부부가 되지도, 반지를 건네주지도 못했다.

결혼 그 자체가 없던 이야기가 되어버렸다. 유채 요리를 만들어준 다음 달, 요시코가 죽었다. 시게루를 두고 저세상으로 가버렸다.

여든 살의 시게루는 매일같이 성묘를 다니고 있다.

안경점을 닫기로 결정하고부터 영업은 아예 하고 있지 않다. 단골손님이 몇 명 있기는 하지만, 이미 가게를 접을 거라고 말해두었다. 그러니까 이제 안경점 일에 대해 고민할 필요가 없다. 그저 요시코만을 생각하며 지내고 있다.

사실 요시코를 떠올릴 만한 실마리는 아무것도 남은 것이 없다. 오래전 일이라 함께 찍은 사진 한 장 없다. 그래도 그녀의 얼굴이나 당시의 마음은 선명하게 기억하고 있다.

여자만 일찍 죽는 집안 내력 같은 것이 있을 리가 없다.

낡아빠진 미신이라고 열아홉의 시게루는 단정 지었다. 세상에 대해서 아무것도 모르면서, 다 안다는 착각에 빠져 있었다. 그래서 요시코의 걱정을 웃어넘겼다.

그것이 잘못이었다. 요시코는 정말로 죽었다. 미신이 아니었다. 요시코의 걱정은 타당했다.

요시코의 사인은 뇌종양이었다. 나중에서야 알았지만, 요시코의 집안에서 요절한 여자들은 대부분 악성 종양으로 목숨을 잃었다. 의학적으로 어떤지는 모르지만, 여자만 암에 걸리기 쉬운 유전자 같은 것이 있는 모양이다.

당시에는 그런 것이 있을 거라고는 생각도 하지 못했다. 옛날에는 사람의 목숨이 지금보다 가벼웠다. 병에 걸려도 의사를 찾지 않는 사람도 있었고, 병원에 가도 지금처럼 검사를 받지 못했다.

하지만 시게루는 요시코의 불안을 알고 있었다. 지켜주겠다고 약속했는데, 아무것도 해주지 못했다.

시게루가 결국 한 번도 결혼하지 않은 것은 어쩌다 보니 그렇게 된 것이지만, 요시코의 영향이 없었다고는 말하기 힘들다. 시게루의 곁에는 항상 후회가 따라붙었다. 아무것도 하지 못했던 자신에 대한 무력감이 있었다.

요시코의 묘는 안경점에서 걸어서 20분 정도 거리에 있다. 젊었을 때는 10분이면 도착했지만, 어느새 두 배로 시간에 걸리게 되었다. 최근에는 30분 가까이 걸릴 때도 있다.

시게루의 부모님 묘도 여기에 있다. 봄이면 분홍색 꽃을 피우는 벚나무가 옆에 있는데, 12월인 지금은 잎을 떨어뜨리고 잠든 것처럼 보인다. 잔가지 끝에는 꽃눈과 잎눈이 보였다. 잠들어 있는 중에도 봄을 준비하고 있는 것이다.

겨울은 언젠가 끝나고, 반드시 봄이 찾아온다. 분홍색 꽃이 피고, 이윽고 잎이 무성해진다. 먼 옛날부터 반복되고 있는 자연의 섭리다.

하지만 자신이 그 봄을 맞을 수 있을지는 알 수 없다. 겨울을 넘기지 못하고 죽을지도 모른다. 나이를 먹는다는 것은 그런 것이다.

묘지에는 아무도 없었다. 평일 대낮이라서가 아니라, 언제 와도 사람이 없다. 몇 년 전까지만 해도 작은 체구의 노파와 자주 마주쳤지만, 한동안 모습을 보지 못했다. 그 분도 어쩌면 죽었는지도 모른다.

시게루는 작게 한숨을 쉬었다. 모두 사라져 버린다. 하나무라 집안도 사쿠마 집안도 대가 끊겼다. 이제 성묘를 하러 오는 것은 시게루 한 명뿐이다. 양로원에 들어가더라도 성묘는 올 생각이지만, 언젠가는 몸을 움직일 수 없게 될 것이다.

하나무라 집안의 묘에는 이끼가 끼어 있다. 묘석에는 요시코가 죽은 뒤로 흘러간 60년의 세월이 스며들어 있었다. 성묘를 올 때마다 꽃을 올려서 요시코에게 계절의 변화를 알려주려고 했다.

하지만 그런 나날도 끝이 다가오고 있다. 시게루 자신의 인생도 끝나가고 있으니, 늦기 전에 필요한 절차를 밟아서 묘를 허무는 편이 나을지도 모르겠다. 무연고 묘지로 만드는 것은 요시코나 부모님에게 미안한 일이다.

자신이 죽은 뒤의 일을 생각했다. 사람이 죽어도 마을은 남는다. 안경점은 철거되어 도로가 되고, 사람들이 그

위를 오갈 것이다.

연인끼리 손을 잡고 걷는 모습을 떠올려 보았다. 아이
가 있는 가족이 지나가는 일도 있을 것이다. 모두가 행복
해 보인다.

그렇게 생각하자 집이 없어지는 것도 나쁘지 않게 느
껴졌다.

추억 밥상을 예약한 날이 되었다.

고양이 식당에 방문하는 것은 올해 들어 두 번째다.
첫 번째는 가이의 어머니인 나나미가 세상을 떠났을 때
향을 올리러 왔었다.

여기는 원래 나나미가 시작한 가게다. 어머니가 세상
을 떠난 뒤 가이는 무척 낙담한 듯이 보여서 가게를 닫
을지도 모르겠다고 생각했지만, 그 예상은 빗나갔다.

고양이 식당은 이제까지와 다름없이 영업을 계속하고
있다. 아마 고토코가 있기 때문일 것이다. 두 젊은이의
관계는 알 수 없지만, 잘 어울리는 커플로 보인다.

시게루는 아오호리 역에서 버스를 타고 고양이 식당
으로 향했다.

고양이 식당은 조금 외진 장소에 있다. 버스를 내린 뒤 걸어가야 하는 데다가, 도로에 접해 있지 않아서 모래 해안을 지나가야만 한다.

넘어지지 않도록 발밑을 살피면서 바닷가를 걸었다. 그러자 10분도 지나지 않아 조개껍데기가 깔린 오솔길이 나타났다. 언제 봐도 새하얗다. 신사에 깔린 흰 자갈처럼 청정한 분위기다.

그리고 고개를 들자 파란 건물이 보였다. 입구 옆으로 칠판이 놓여 있고, 흰 분필로 글자가 쓰여 있다.

고양이 식당
추억 밥상을 차려 드립니다.

여전히 메뉴도, 영업시간도 쓰여 있지 않다. 다만 작은 고양이 그림과 함께 주의 사항이 적혀 있었다.

이 식당에는 고양이가 있습니다.

전에 왔을 때와 똑같은 문구지만, 글씨체가 바뀌었다.

가이나 고토코가 썼을 것이다. 옛날에는 나나미가 썼었다.

바뀌지 않는 듯이 보여도, 세상은 바뀌어 간다. 이러고 있는 동안에도 계속해서 변하고 있다. 살아가는 것은 계속해서 변해간다는 의미이기도 하다.

반면 시게루는 이제 변하지 않는다. 이 세상에서 떠나가려는 인간이다. 아무런 흔적도 남기지 않고 사라질 생각이다. 안경점도 없어질 테니까, 누군가의 기억에 남는 일도 없을 것이다.

스스로를 불쌍히 여기는 것은 아니다.

자신의 인생이 불행하다고 생각하지도 않는다.

하지만 역시 요시코가 마음에 남는다. 요시코와 부부가 되지 못했던 이번 생이 허무하다고 생각했다.

그래서 고양이 식당을 찾아온 것이다.

추억 밥상을 먹으면, 소중한 사람을 만날 수 있다.

죽은 사람과 이야기를 나눌 수 있다.

그 소문은 익히 들었다. 나나미로부터 직접 듣기도 했다. 가이의 어머니는 시게루의 가게에서 안경을 맞추곤

했다. 10년이나 된 단골손님이었다.

나나미가 안경을 조정하러 가게로 왔을 때의 일이다. 경위는 잊었지만, 추억 밥상에 관한 이야기가 나왔다.

시게루가 정말이냐고 묻자, 나나미는 분명히 고개를 끄덕였다.

— 기적이 일어나는 식당이에요.

그렇게 말하며 작게 웃었다. 농담인가 싶었지만, 그런 분위기는 아니었다. 이날 나나미는 입원을 하게 되었다는 소식을 알리러 온 참이었다. 아무래도 나을 수 없는 병이 되어버린 모양이에요, 하고 그녀는 말했다.

결국 그것이 나나미와의 마지막 만남이었다. 병문안을 가야겠다고 생각하는 사이에 나나미는 떠나고 말았다.

그러나 고양이 식당은 남아 있다. 나나미가 살아 있던 때와 변함 없이 서 있다.

문을 열고 들어가면 나나미가 있을 것만 같은 기분이지만, 그녀는 한발 앞서 괴로움 없는 세계로 가버렸다.

"소중한 사람을 만나러 왔다네."

추억 속의 나나미에게 말을 걸고서, 시게루는 고양이 식당의 문을 열었다. 딸랑딸랑 도어벨이 울렸다.

"어서 오세요. 사쿠마 님. 기다리고 있었습니다."

가이가 나와서 맞아주었다. 어릴 때부터 알고 지냈지만, 여전히 정중한 말씨다. 그 옆에는 고토코가 나란히 서서 시게루에게 인사를 했다. 둘 다 신중하고 예의 바른 사람들이다.

수다 떨기를 좋아했던 나나미가 식당을 운영하던 때와는 분위기가 다르다. 떠들썩했던 그때가 그립기도 했지만, 이 분위기도 나쁘지 않다. 마음이 차분해지는 정숙함이 있었다.

"이쪽으로 앉으시지요."

창가 자리로 안내받았다. 바다와 모래 해안이 잘 보이는 자리다. 사람이 없는 겨울 바다는 한 편의 그림 같았다. 보소의 바다는 역시 아름답다.

"예약하신 요리를 가져오겠습니다."

가이와 고토코가 주방으로 들어갔다. 다른 손님은 없어서, 시게루는 식당에 홀로 남겨졌다.

둘이 없어지자 식당은 한층 더 조용해졌다. 식당에서 키우는 고양이 꼬마가 있지만, 시게루가 식당에 들어왔을 때는 자고 있었다. 지금도 안락의자 위에서 잠든 숨소리를 내고 있다.

텔레비전도 없고 말할 상대도 없지만, 심심하지는 않았다. 조용한 것에도, 혼자 있는 것에도 익숙하다. 그리고 심심할 정도로 기다리지도 않았다.

가이와 고토코가 쟁반 가득 요리를 담아 돌아왔다. 의외로 빨랐던 것은 미리 준비해 두었기 때문일 것이다.

"오래 기다리셨습니다."

둘은 소리 없이 테이블에 요리를 내려놓기 시작했다. 그릇의 수가 많았다. 요시코의 몫도 준비되어 있다.

원래 추억 밥상은 나나미가 사라진 남편이 무사하기를 기원하며 만들던 가게젠이었다. 결국 남편은 돌아오지 않았지만, 죽은 사람이 나타나게 되었다고 했다. 이미 여러 사람이 이 식당에서 소중한 사람을 만났다고 한다.

요리를 다 내려놓은 뒤, 가이가 소개하듯이 말했다.

"유채 정식입니다."

테이블에 놓인 것은 모두 유채를 사용한 요리들이었다.

유채밥. 유채 겨자 무침. 유채 튀김.

거기에 유채 된장국도 있었다.

유채밭을 보러 갔던 다음날, 요시코가 만들어주었던 요리다. 훌륭하게 재현해냈다. 절대로 그럴 리 없는데도, 60년 전의 요리와 똑같아 보였다.

대답하는 것도 잊고 요리를 바라보고 있자, 가이가 조심스럽게 식사를 권했다.

"따뜻할 때 얼른 드세요."

— 죽은 사람과 만날 수 있는 것은 추억 밥상이 식기 전까지.

누가 알려준 건지는 기억에 없지만, 시게루는 그것을 알고 있다. 잊어버렸을 뿐이지 나나미에게 들었는지도 모른다. 음식에서 김이 오르고 있는 동안에만 죽은 사람과 만날 수 있다.

"잘 먹겠습니다."

집에서 하듯이 손을 모았다. 끼니마다 하게 되는 습관이지만, 그게 문제였다. 자신의 손등을 가까이에서 보고 말았다.

평소에는 의식한 적이 없었지만, 이때만은 신경이 쓰

였다.

주름이 자글자글한 노인의 손이다. 그것만이 아니다. 고개를 옆으로 돌리자 창문 유리에 대머리 노인의 모습이 비쳐 보였다.

피부는 검버섯투성이에, 마른 귤껍질같이 부석거렸다. 젊었을 때와는 완전히 다른 사람이다. 자신이 추하게 늙어버렸다는 것을 새삼 깨달았다.

요시코는 열여덟에 죽었다. 촛불이 훅 꺼지듯이 이 세상을 떠났다. 영원히 열여덟 그대로일 것이다. 이제 자신과는 할아버지와 손녀뻘 정도의 나이 차가 생겨버렸다. 연인 사이라는 마음으로 만날 수는 없다. 시게루는 늙은 자신을 부끄럽다고 생각했다.

"미안하네. 아무래도 그만두는 게 낫겠어."

시게루는 젓가락을 내려놓았다. 요시코와 만나서는 안 된다고 생각했다. 이제 와서 다시 상처 입고 싶지 않았고, 요시코를 실망시키고 싶지도 않았다.

"노인네 주제에 부끄러운 말을 했구려."

사정을 이야기하며 자리에서 일어섰다. 얼른 집으로 돌아가 양로원에 갈 준비를 하자. 요시코와 만나고 싶다는 욕심은 잊어버리자.

시게루는 음식값을 지불하고 고양이 식당에서 나가려고 했다. 그 순간이었다. 어떤 목소리가 날아 들었다.

"부끄럽다뇨, 말도 안 돼요."

요시코의 목소리였다. 이미 예전에 죽은 약혼자가 말을 이었다.

"실망할 리 없어요."

시게루는 깜짝 놀라 뒤를 돌아보았다. 요시코가 나타났다고 생각한 것이다.

하지만 아니었다. 요시코가 아니다. 그 말을 한 사람은 고양이 식당의 직원 고토코였다. 어딘가 요시코와 닮은 느낌이다. 얼굴 생김새는 다르지만, 전체적으로 풍기는 분위기가 쏙 빼닮았다.

너무 물끄러미 바라본 탓일까. 고토코가 부끄러운 듯이 얼굴을 붉혔다. 더 이상 말을 못하고 있는 그녀를 도와주려는 듯이 이번에는 가이가 입을 열었다.

"반대 입장이라면 실망하실 건가요?"

"반대?"

되묻자 고양이 식당의 젊은 주인은 고개를 끄덕였다.

"네. 시게루 씨와 요시코 씨의 입장이 반대였을 경우를 말하는 겁니다."

가상의 세계에 대해 이야기하고 있다는 것을 알았다. 시게루가 일찍 죽고, 요시코가 장수하는 세계다. 그리고 나이 든 요시코가 죽은 시게루를 만나러 와주는 세계.

현실에 일어난 일처럼 그 정경이 머릿속에 떠올랐다. 시게루의 입에서 대답이 흘러나왔다.

"실망할 리 없겠지."

요시코를 사랑하고 있다. 지금도 요시코를 마음에 품고 있다. 가상의 세계라 해도 이 마음은 분명 변치 않을 것이다. 나이가 들었다 해도 만나고 싶을 것이 틀림없다.

"요시코 씨도, 분명 같은 마음일 거예요."

고토코가 단언했다. 요시코와 만난 적도 없으면서 어떻게 장담하느냐는 생각은 들지 않았다. 오히려 요시코가 고토코의 입을 빌려 말하고 있다는 기분이 들었다.

"그렇겠지."

시게루는 중얼거리고, 의자에 다시 앉았다.

"그 말이 맞네 그려."

스스로를 타이르듯이, 고토코의 얼굴을 보며 말했다.

자신이 늙은 것을 신경 쓰느라 요시코의 마음을 의심하고 말았다. 자칫하면 돌이킬 수 없는 행동을 할 뻔했다. 그녀와 만날 수 있는 기회를 헛되게 날릴 뻔했다.

처음으로 사랑한 여자를 의심해서는 안 된다. 철들 무렵부터 쭉 그런 마음이었으니까, 마지막까지 믿자. 믿는 자가 반드시 보답을 받는다고는 장담할 수 없는 것이 인생이지만, 믿지 않고는 얻을 수 없는 것도 있는 법이다.

"잘 먹겠습니다."

다시 한번 손을 모으고, 유채 된장국을 손에 들었다. 볶은 달걀이 들어 있다. 노란 유채꽃을 비유한 것이겠지. 국물을 마시고, 건더기를 먹었다. 볶은 달걀의 따스한 단맛이 쌉싸름한 유채와 잘 어울린다.

나이를 먹으면 식욕이 없어져서 식사를 준비하는 것마저 귀찮을 때가 많다. 특히 아침에는 아무것도 할 마음이 들지 않을 때가 늘었다.

그런데도 갑자기 시장기가 느껴졌다.

참을 수 없이 눈앞의 요리를 먹고 싶어졌다.

시게루는 유채밥을 한입 떠먹고 유채 겨자 무침을 입에 넣었다. 봄의 향기가 난다. 겨자의 톡 쏘는 맛에 코가 시큰했다. 맛있다. 밥과 반찬을 남김없이 비워나갔다.

놀랍게도 이렇게 먹었는데도 식욕이 줄지 않았다. 시게루는 유채 튀김으로 젓가락을 뻗었다.

그리고 문득, 유채 튀김을 먹어본 지 오래되었다는 것을 깨달았다. 어머니는 유채를 튀긴 적이 없었고, 직접 만든 적도, 밖에서 사 먹은 적도 없다.

"요시코가 만들어줬던 것이 마지막이던가⋯⋯."

이 순간까지 깨닫지 못하고 있었다. 고양이 식당에 오지 않았다면 죽을 때까지 먹을 일이 없었을지도 모른다.

그것만으로도 여기에 온 보람이 있었다. 인생을 마무리하는 시기에 한 번 더 유채 튀김을 먹을 수 있게 되었으니까.

"인생이란 알 수 없는 것이구면."

혼잣말처럼 중얼거리고서 유채 튀김을 젓가락으로 집었다. 튀김용 소스도 준비되어 있었지만, 소금을 살짝 찍어서 먹었다. 참기름 향이 고소하다. 갓 튀긴 것이 아닌데도 튀김은 아직 충분히 따뜻했고, 씹을 때마다 바삭바삭 소리가 났다. 튀겨냈더니 유채의 씁쓸한 맛이 중화되고, 단맛이 돋보인다.

"이거 참 맛있네 그려."

다시 혼잣말을 하다가, 이번에는 얼굴을 찌푸렸다. 목소리가 이상했다. 입에 뚜껑을 씌운 것처럼, 뭔가 소리가 울려서 들렸다.

하지만 초조해하지는 않았다. 그저 목소리가 이상해졌다고 생각했을 뿐이다. 나이를 먹으면 아무 일 없이도 몸 상태가 이상해진다. 겨자 무침이 자극적이어서 그럴 수도 있고, 과식을 해서 그럴 수도 있다.

그런데 이상해진 것은 목구멍만이 아니었다.

어느새 식당 안이 새하얘져 있었다. 눈 속을 헤매고 있는 것 같았다. 보통은 안개라고 생각하겠지만, 갑자기 이렇게 짙은 안개가 낄 리가 없다. 하물며 여기는 실내다.

다시 백내장이 생긴 걸까? 시야의 느낌이 달라진 것 같기도 하다. 의사는 재발하지 않는다고 말했지만, 달리 이유가 생각나지 않는다.

눈을 감고 눈썹 언저리를 손가락으로 꾹꾹 눌렀다. 잠시 그러고 있다가 눈을 떴지만, 시야는 변함없이 새하얗다. 하지만 테이블 위의 요리는 뚜렷하게 보인다. 백내장은 아닌 모양이다.

그렇다면 안개겠지만, 이렇게 짙은 안개라니 심상치 않다. 일단은 얘기를 해봐야겠다 싶어서 가이와 고토코를 찾았지만, 식당 어디에서도 보이지 않았다. 아까까지 바로 옆에 있었는데 사라져 버렸다.

주방으로 가버렸나? 하고 시선을 옮기는데 벽 쪽의 큰 시계가 눈에 들어왔다. 바늘이 멈춰 있다.

"고장난 걸까?"

물어보려던 말은 허공으로 사라졌다. 그러나 아무 대답도 없었던 것은 아니다. 창밖에서 소리가 들려왔다.

"냐아."

고양이다. 틀림없이 고양이의 울음소리다. 화들짝 창밖을 보자 믿어지지 않는 광경이 거기에 펼쳐져 있었다.

바다가 사라져 있었다. 도쿄만이 사라졌다. 그리고 그 대신 눈에 보이는 모든 곳에 유채밭이 펼쳐져 있었다.

꿈이라도 꾸는 걸까 생각한 순간, 그녀의 모습이 눈에 들어왔다.

"……요시코?"

죽은 약혼자가 유채밭 한쪽에 서 있었다. 발밑에는 줄무늬 아기 고양이도 보인다.

60년의 세월이 흘러 마을은 완전히 변모해 버렸지만, 시게루의 마음속에는 생전 요시코의 모습이 뚜렷이 남아 있다.

그 장본인이, 바로 저 앞에 서 있다. 잘못 본 것이 아니다. 잘못 보았을 리가 없다.

"요시코……!"

한 번 더 그녀의 이름을 부르며 창문에 바짝 얼굴을 붙였다. 그 순간, 기적이 또 하나 일어난 것을 깨달았다.

낯익은 젊은 남자의 얼굴이 창문에 비쳐 보였다. 다른 누구도 아닌, 스무 살 무렵 자신의 얼굴이었다.

"말도 안 돼."

말을 하자 창문에 비친 자신의 입 모양도 움직였다. 주름도 검버섯도 사라지고, 검은 머리카락이 돌아와 있었다. 그 머리카락을 3:7로 나누어 가르마를 탔다. 촌스러운 안경도 쓰고 있었지만, 노안경이 아니었다. 시게루는 젊었을 때 이런 안경을 썼었다.

시게루는 다시 젊어져 요시코가 살아 있던 무렵의 자신으로 돌아가 있었다. 꿈이라면 이건 너무 공들인 꿈이다.

여기는 저세상일지도 모른다. 나를 데리러 온 것일까?

다시 고양이의 울음소리가 들려왔다.

"냐아."

창문 저편에서 줄무늬 고양이와 요시코가 이쪽을 보고 있다. 시게루를 알아본 모양이다. 그녀의 입이 움직였다.

"시게루 씨."

먹먹하게 들리지만, 요시코의 목소리다. 지금껏 이 목소리를 듣고 싶었다.

시게루는 자리에서 일어서 그녀의 곁으로 가기로 결심했다. 여기가 사후 세계라 해도 상관없고, 나를 데리러 온 거라 해도 좋다.

고양이 식당의 문을 열고 밖으로 나갔다.

딸랑딸랑.

도어벨이 울렸다. 문을 닫으려 했는데, 뒤를 돌아보자 식당은 사라지고 없었다. 60년 전에 왔었던 유채밭에 다시 와 있었다. 믿어지지 않았지만, 이제 와서 고민한들 답은 나오지 않을 것이다.

시게루는 요시코와 줄무늬 고양이를 향해 걸어갔다.

그러자 요시코가 꾸벅 고개를 숙였다.

"만나러 와줘서 고마워요."

그녀가 먼저 말을 걸어주었다. 대답을 해야 한다. 전하고 싶은 말은 많았지만, 말보다 먼저 눈물이 흘러나왔다. 그리고 요시코에 대한 사랑과 그리움의 마음이 넘쳐 흘렀다.

당신을 세상에서 가장 사랑해.

죽은 뒤에도 여전히 사랑했어.

지금도 변함없이 사랑하고 있어.

여러 말들이 떠올랐다가 사라졌다. 남은 것은 하나뿐, 계속 하고 싶었던 말이다. 시게루는 그 말을 어렵게 입 밖으로 꺼내 그녀에게 전했다.

"결혼해줘."

인생 최초의, 그리고 마지막 프러포즈다. 이 말을 할 상대는 이 세상에도 저세상에도 단 한 명뿐이다.

"나와 결혼해줘."

다시 한번 말했다. 아무리 시간이 흘러도, 시게루의 마음은 변하지 않았다.

"⋯⋯네."

그것이 요시코의 대답이었다. 부끄러운 듯 볼을 붉혔지만, 고개를 숙이지 않고 시게루의 눈을 보며 말을 이었다.

"행복하게 해주세요. 저와 계속 함께 있어 주세요."

"당연하지……. 행복하게 해줄 거고, 늘 함께 있을 거야."

대답과 동시에 다시 눈물이 흘렀다.

이렇게 두 사람은 부부가 되었다. 이제 외톨이가 아니다. 가족이 생긴 것이다.

결혼 생활은 시게루의 집에서 시작했다. 요시코가 시집을 와주었다.

안경점은 아직 구획정리 대상이 되지 않은 모양이다. 건물도 새로 지었는지 집에 들어가면 새 목재 냄새가 났다.

60년 전으로 돌아간 모양이지만, 집에는 부모님도 여동생도 없었다. 요시코의 부모 형제도 없는 모양이다. 온 마을을 다 살펴본 것은 아니지만, 자신과 요시코만을 위해서 존재하는 또 다른 세계인지도 모른다.

그리고 또 하나, 시게루가 아는 세계와 다른 점이 있었다.

"냐아."

줄무늬 고양이가 집에 있었다. 유채밭에 있던 아기 고양이 같기도 한데, 그때 집에 데려온 기억은 없다.

하지만 어쨌든 이제 우리 집 고양이다. 제 세상인 양 활개를 치며 살고 있다.

요시코도 이 집에 녹아들어 있었다. 귀여운 꽃무늬 앞치마를 하고서 요리를 만들었고, 가게도 거들었다.

하지만 안경점이 번성했는지는 잘 모르겠다. 안경을 만든 기억은 있지만, 손님의 얼굴은 기억하지 못했다. 흐릿한 그림자를 상대로 장사를 한 것 같은 기분이다. 생활이 어렵지 않았던 것을 보면 나름대로 장사가 되었던 모양이다.

부부의 사이는 좋았다. 싸움 한 번 하지 않고 서로를 배려하면서 지냈다.

세월이 지나서 결혼한 뒤 2년이 흘렀을 무렵, 두 사람 사이에 아기가 태어났다. 여자아이였다.

나노카.

요시코의 부탁을 받아 시게루가 이름을 지었다. 나노카는 아내를 쏙 빼닮은 귀여운 아이였다.

아이의 얼굴을 보기만 해도 눈물이 나왔다. 스스로도

깜짝 놀랄 정도로 따뜻한 눈물이었다. 아내와 딸을 위해서 살겠다고 시게루는 다짐했다.

누군가를 위해서 사는 삶은 행복했다.

사랑하는 사람이 있는 하루하루는 행복했다.

시게루는 가족을 생각하면서 살았고, 안경점에서 성실하게 일했다. 흐릿한 그림자를 상대로 계속 안경을 만들었다.

아이의 성장은 빠르다. 이 세계에서는 특히 더 빨랐다. 나노카는 초등학교, 중학교, 고등학교로 진학해, 이윽고 결혼을 했다.

누구와 결혼했는지, 어디에서 살고 있는지는 모르지만 행복하다는 것만은 알고 있다. 딸의 웃는 얼굴이 떠오른다. 그거면 충분했다. 우리 아이가 행복하다면 더 바랄 것이 없다.

"다시 둘만 남았네요."

요시코가 말했다. 아이가 어른이 되어버린 만큼, 부부도 나이를 먹었다. 시게루도 아내도, 어느새 마흔을 넘겼다.

"그러게 말이야."

끄덕였지만, 항의하는 목소리가 들렸다.

"냐아아."

줄무늬 고양이가 이쪽을 보고 있다. 자기도 여기 있다고 말하고 싶은 모양이다. 신기하게도 고양이는 나이를 먹지 않았다. 계속 아기 고양이의 모습 그대로다. 그 고양이의 자손일 수도 있지만, 같은 고양이 같기도 하다. 어느 쪽이든 가족의 일원이다.

"그래, '셋이서' 사이좋게 살아볼까?"

"냐아."

아기 고양이가 대답이라도 하듯이 울어서 요시코가 웃었다. 평온한 나날이 이어졌다.

가끔 나노카로부터 편지가 왔다. 시게루가 모르는 마을에서, 행복하게 살고 있다. 부부는 자신들도 행복하다고 답장을 썼다. 편지를 쓸 때는 항상 유채꽃 무늬의 편지지를 사용했다.

딸이 없어져서 쓸쓸하다고 생각할 때도 있었지만, 요시코가 곁에 있는 것만으로도 행복했다. 영원히 이 시간이 이어지기를 기도했다. 죽을 때까지 둘이 함께 있기만을 바랐다. 더 이상 외톨이로 만들지 말아주세요 하고 불단에 손을 모아 기도를 했다.

하지만 그 바람은 이루어지지 않았다. 탐욕스러운 소망은 결국 이루어지지 않는다. 어느 날 요시코가 말했다.

"고양이 식당에 데려다주세요."

이때 시게루는 여든이 되어 있었다. 요시코도 완전히 나이가 들었다. 둘 다 검버섯과 주름투성이가 되었지만, 그녀는 여전히 아름다웠다. 시게루는 요시코를 끝까지 사랑했다.

"둘이서 같이 가는 거지?"

확인하듯이 물었지만, 질문은 아니었다. 마음 어딘가에서 언젠가 이날이 올 것을 알고 있었다. 이것이 두 번째 인생이라는 것을 잊지 않았다.

눈물이 치밀었지만 어쩔 수 없는 일이다. 요시코와 함께 살 수 있었던 것만으로도 감사할 일이다.

시게루는 억지로 밝은 목소리를 내어 나이를 먹지 않는 고양이에게 물었다.

"아니, 둘이 아니구나. 너도 같이 갈 거지?"

"냐야."

줄무늬 고양이가 당연하다는 듯이 울었다. 드디어 이

별의 날이 다가온 것이다.

　12월의 아침, 시게루와 요시코는 고양이 식당으로 향했다.

　하늘은 잔뜩 흐려서 당장이라도 눈이 내릴 것만 같았다. 내뱉는 숨결도 하얗다. 시게루는 아내에게 물었다.

　"춥지 않아?"

　"괜찮아요. 당신과 함께 있으니까요."

　요시코는 이렇게 대답하며 다정하게 웃었다. 생각해보니 그녀는 처음 만난 그 순간부터 계속 다정했다. 덕분에 시게루의 인생은 환하게 밝아졌다.

　"당신은 괜찮아요?"

　"그럼. 아무렇지도 않아."

　그렇게 대답하면서 발밑을 걷는 아기 고양이를 보았다. 묻기도 전에 대답이 돌아왔다.

　"냐아."

　줄무늬 고양이도 춥지 않은 모양이다. 집에 있을 때와 다르지 않은 얼굴을 하고 있다.

　노부부와 아기 고양이는 서로를 의지하며 고이토가와

를 따라 난 산책로를 걸었다. 칠이 벗겨진 아스팔트에 차가운 서리가 내려서, 하얀 모래를 빈틈없이 깔아놓은 듯이 새하얗다.

시게루는 아무도 밟지 않은 서리 위를 걸었다. 그때마다 사박사박 소리가 났다. 다만 요시코와 아기 고양이의 발소리는 들리지 않았다.

이윽고 강이 바다와 합류했다. 도쿄만으로 나온 것이다. 어릴 때 낚시를 하며 놀았던 기억을 떠올렸다.

시게루는 먼바다를 바라보았다. 날씨가 흐려서인지 바다도 하늘도 납빛을 띠고 있다. 사람의 모습도 배의 그림자도 보이지 않았다.

강과 바다 사이에 있는 다리를 건너서 한참을 걷자 모래 해안이 나왔다. 노부부와 고양이가 오기를 기다리고 있던 것처럼, 마침 하얀 알갱이가 하늘하늘 내렸다. 눈이다. 납빛 하늘에서 눈송이가 떨어지고 있다.

우산을 가지고 있지 않았지만, 상관하지 않고 계속 걸었다. 몸이 젖을 정도로 내리지는 않는다. 요시코는 아무 말도 하지 않았다. 시게루도 말이 없었다. 줄무늬 고양이만 신기하다는 듯한 얼굴을 하고 있다.

하늘에서 춤추는 것은 눈송이만이 아니다. 왜옹왜옹 괭이갈매기들도 날고 있다.

시게루와 요시코가 발걸음을 옮길 때마다, 고양이 식당에 가까워질 때마다 그 울음소리는 커졌다.

"냐아……!"

줄무늬 고양이가 괭이갈매기를 향해 울었다. 위협하려는 듯한 울음소리는 아니었으니, 바닷새들에게 인사를 하려는 것인지도 모른다.

가슴줄은커녕 목걸이도 하지 않았지만, 시게루는 아기 고양이가 요시코의 곁에서 떨어지지 않을 거라는 것을 알았다. 아마도 영원히 떨어지지 않을 것이다.

"냐아."

줄무늬 고양이가 다시 울었다. 이번에는 하늘이 아니라, 앞을 보고 있다. 모래 해안이 끝나고, 조개껍데기를 깔아놓은 오솔길에 도착한 것을 알려주려는 모양이다. 이날 눈에 보인 조개껍데기는 뼈처럼 더욱 하얗게 보였다.

고양이 식당
추억 밥상을 차려 드립니다.

"도착해 버렸네 그려."

"네에."

요시코는 고개를 끄덕이면서 칠판의 글씨를 바라보고 있다. 그녀의 모습은 집을 나섰을 때보다 더 흐릿해져서 투명에 가까워지고 있다. 사라지기 시작했다는 것을 알았다.

― 죽은 사람과 만날 수 있는 것은 추억 밥상이 식기 전까지.

갑자기 그 말이 떠올랐다. 가게젠이 식어가고 있다는 뜻일 것이다.

눈물이 스며 나오려 했다. 하지만 울어서는 안 된다. 시게루가 눈물을 참고 있는데, 조그만 갈색 얼룩무늬 고양이가 칠판 뒤의 그늘에서 나타났다. 고양이 식당의 명물 고양이다.

"냐아아."

조그만 갈색 얼룩무늬 고양이가 울고, 우리와 함께 온 아기 고양이도 대꾸하듯이 울었다.

"냐아."

대화를 나눈 것 같기도 하고, 의미 없이 운 것 같이도 들렸다. 요시코는 아무 말 없이 두 마리의 아기 고양이를 바라보고 있다.

눈송이가 조금 커졌다. 하지만 함박눈이라고 할 정도는 아니다. 하늘하늘 춤추는 민들레 홀씨 같았다.

지면에 떨어진 눈송이는 쌓이지 않고 애초부터 존재하지 않았던 것처럼 사라졌다. 마치 아주 잠시 이 세상에 들른 것처럼.

시게루는 말이 없었다. 말을 하지 않으면 이 시간이 영원히 계속될 것 같은 기분이 들었던 것이다. 이 꿈에서 깨어나고 싶지 않았다.

평소에는 심술궂은 신이지만, 이때만은 시게루의 바람을 아주 잠시 들어주었다. 몇 분 정도 시간을 주었다. 덕분에 사랑하는 아내의 모습을 눈에 새겨 넣을 수 있었다.

하지만 그 시간도 끝이 나려한다. 요시코가 이별의 말을 꺼냈다.

"식당에는 혼자서 들어가 주세요."

"알고 있어."

시게루는 대답했다. 정말로 알고 있다. 그렇게 해야 한다고 생각하고 있었다.

모든 것은 고양이 식당에서 시작되었다. 그러니까 이 장소에서 끝나는 것도 당연하다. 인생을 몇 번 거듭하든, 반드시 끝은 찾아온다. 죽음은 다가온다. 사랑하는 사람과 헤어지지 않고 끝나는 인생 따위는 없다.

60년이라는 세월은 아득한 시간이 아니었다. 유채밭에서 청혼을 했던 것이 바로 어제 일 같다.

나는 욕심쟁이다. 사실은 만날 수도 없는 상대와 결혼까지 했는데, 60년이나 함께 살았는데, 그럼에도 헤어짐을 순순히 받아들일 수가 없으니까. 슬퍼서 어쩔 줄 모르겠으니까.

슬픔을 억누르며 시게루는 요시코에게 물었다.

"저세상으로 가는 거야?"

"네에."

아내는 고개를 끄덕였다. 시게루는 다시 한번 물었다.

"같이 갈 수는 없을까?"

예사롭게 물어볼 생각이었지만, 매달리는 듯한 말투가 되어버렸다. 이번에는 요시코가 끄덕이지 않았다.

"안 돼요. 아직 같은 곳에 갈 수 없다는 걸 당신도 알고 있잖아요."

그 말대로다. 이것도 이미 알고 있다. 누가 가르쳐주지도 않았지만 시게루는 알고 있었다.

요시코는 젊어서 죽었지만, 천수를 다했다. 스스로 목숨을 끊은 것은 아니다. 시게루가 여기에서 죽는다 한들 요시코와 같은 장소로 갈 수는 없을 것이다.

저세상에서도 부부가 되려면 최후의 순간까지 최선을 다해 살아가는 수밖에 없다. 도중에 살아가기를 포기해서는 안 된다. 시게루는 각오를 다졌다. 외톨이로 살다가, 외톨이로 죽기로 마음먹었다.

"나를 기다려주겠어?"

"물론이지요. 이 아이와 함께 기다리고 있을게요."

요시코가 말하자 줄무의 고양이가 동의하듯이 꼬리를 흔들었다.

"냐아."

둘의 모습이 조금 더 흐릿해졌다. 사라지기 직전이다.

시게루는 슬펐다. 참고 있던 눈물이 볼을 타고 흘러내렸다. 가지 말아 달라고 울며 매달리고 싶었지만, 그랬다가는 요시코가 곤란해질 것이다. 여든의 할아버지에게도 자존심이 있다. 사랑하는 여자를 곤란하게 만들고 싶지는 않았다.

억지로 웃음을 지어 보였다. 웃으며 이별을 고하려고 했지만, 요시코가 가로막듯이 말했다.

"이번에는 제가 배웅하게 해주세요."

그 말의 의미는 바로 알 수 있었다. 시게루는 그녀가 죽었을 때의 일을 떠올렸다.

요시코의 시신은 마을 외곽에 있는 오래된 화장터에서 화장됐다. 새하얀 연기가 굴뚝에서 하늘로 올라갔다. 시게루는 울면서 뼈를 주웠다. 사랑하는 여자의 뼈를 주웠다. 그것이 첫 번째 배웅이었다.

그러니 이번에는 요시코가 시게루를 배웅해 주려 하는 것이다.

어차피 이 세상은 잠시 살다 가는 곳이다. 사는 것도 죽는 것도, 대단한 차이는 없는지도 모른다.

슬퍼할 것 없다.

울 것 없다.

스스로를 타이르며 요시코에게 이별을 고하려 했다. 하지만 그 말을 꺼내기 전에, 줄무늬 고양이의 울음소리에 가로막혔다.

"냐아."

그쪽을 보자, 아기 고양이가 시게루가 입은 코트 주머니를 보고 있다. 뭐지? 의아하게 생각하면서 저도 모르게 주머니를 만졌다. 그 안에는 작은 상자가 들어 있었다.

"아아, 그래……."

바로 짚이는 것이 있었다. 코트에 들어 있는 것은 첫 번째 인생에서 요시코에게 건네지 못했던 결혼반지다. 존재 자체를 잊어버리고 있었다. 두 번째 인생에서는 청혼도 했고, 이제까지 함께 살아왔는데도 아직 건네지 못했다.

시게루는 주머니에 손을 넣어 상자를 꺼내, 그것을 열었다. 60년간 상자에 들어 있었는데도, 반지는 여전히 은색으로 빛났다. 첫 번째 인생의 열아홉 살 때 본 것과 달라지지 않았다.

코트에 넣은 기억은 없지만, 여기 있는 이유는 안다. 시게루는 요시코에게 반지를 보여주며 말했다.

"늦었지만, 결혼반지야. 받아주겠어?"

"저에게요?"

요시코의 물음에 반지를 주문한 날을 떠올렸다. 아버지의 가게에서 일하고 있었지만, 견습생 같은 처지였기 때문에 급료는 용돈 정도에 불과했다.

부모님에게 말하면 도와주시겠지만, 그래서는 의미가 없다고 생각했다. 자신의 힘으로 번 돈으로 요시코에게 반지를 사주고 싶었다. 결코 비싼 것은 아니다. 열아홉 살의 젊은이가 살 수 있는 정도의, 대단치 않은 반지에 불과했다.

"그럼. 요시코에게 주고 싶어서 주문한 거야."

그렇게 대답하자 아내의 눈에서 눈물이 흘러내렸다. 그 눈물을 닦지도 않고 왼손을 내밀었다. 그녀의 모습은 사라지기 직전이었다. 이젠 윤곽밖에 보이지 않는다.

서둘러야 한다. 시게루는 요시코의 왼손을 잡고, 열아홉에 샀던 반지를 이제야 끼워주었다.

"고마워요."

목소리는 들렸지만, 이미 모습은 보이지 않는다. 방금 끼워준 반지도, 줄무늬 고양이도 사라져 버렸다. 요시코의 목소리가 말을 이었다.

"이제 식당으로 들어가세요."

"그래야겠군."

대답하자 눈송이가 다시 조금 더 커졌다. 그 눈송이 사이사이로 요시코가 작별 인사를 건넸다.

"행복한 인생을 보내게 해줘서 고마워요."

시게루도 행복했다. 첫 번째 인생도, 두 번째 인생도 그녀와 만날 수 있어서 행복했다.

그리고 그 행복은 저세상에서도 이어질 것이다. 요시코와 함께 할 수 있을 거라고, 그렇게 믿었다. 그래서 아무 말 없이 손을 흔들고, 집으로 돌아가는 것처럼 식당 문을 열었다.

딸랑딸랑. 도어벨이 울렸다.

음식점에서는 기다리는 것도 업무의 연장선이다. 특히 추억 밥상을 차리는 날은 그저 서 있기만 하는 시간이 길다.

이날도 고토코는 유채 정식을 내간 뒤 시게루의 식사에 방해가 되지 않는 위치에 서 있었다.

추억 밥상을 먹으면 세상을 떠난 소중한 사람을 만날 수 있다. 하지만 만날 수 있는 것은 추억 밥상을 먹는 본

인뿐이다. 가까이에 있어도 고토코에게는 아무것도 보이지 않고, 무슨 일이 일어나는지도 알 수 없다. 가이에게도 보이지 않는다고 한다.

신기한 이야기이지만, 이유를 갖다 붙이자면 못할 것도 없다. 생각해 둔 가설은 있다.

"꿈을 꾸는 것뿐일지도 모르지요."

가이가 이런 말한 적이 있다. 추억의 요리가 기억을 자극해서 꿈을 꾸게 한다고 생각하는 모양이다.

납득할 만한 설명이다. 고양이 식당에 나타난 죽은 사람은 살아 있는 사람에게 힘이 되는 말을 해주고 살아갈 용기를 준다. 고토코도 그랬다. 오빠에게 격려를 받았다. 그때 들은 말을 아직도 기억하고 있다.

— 만나러 와줘서 고마워. 고토코를 하늘에서 지켜보고 있을게. 계속 지켜볼 거야.

오빠는 이렇게 말했다. 고양이 식당의 창가 자리에서 약속했다. 그 말이 있기 때문에 어떻게든 살아갈 수 있다.

고토코는 시게루의 얼굴을 보았다. 눈은 뜨고 있지만, 감고 있는 것처럼 보이기도 했다. 말을 걸어도 대답하지 않을 거라는 생각이 들었다.

식당 구석에는 꼬마가 잠들어 있다. 좋아하는 안락의자 위에서 둥글게 몸을 말고 있다. 꿈을 꾸는지, 때때로 잠꼬대 같은 울음소리를 냈다.

추억 밥상을 먹고 오빠와 만났을 때도 꼬마가 있었던 것 같은 기분이 들지만, 그 언저리의 기억은 선명하지 않다.

시간은 천천히, 하지만 확실히 흐른다. 오래된 시곗바늘이 소리 내어 움직였을 때의 일이다.

고토코는 문득 바람을 느꼈다. 입구의 문이 열려 있나 생각했지만, 제대로 닫혀 있다.

기분 탓 같지는 않았다. 고토코는 테이블 위를 보았다. 추억 밥상의 온기가 사라졌다.

기적의 시간이 끝난 것을 알리는 것은 역시 가이의 역할이다.

"차를 가져왔습니다."

녹차를 가져와 테이블에 놓았다. 긴 잠에서 깨어난 것처럼 시게루가 얼굴을 들었다. 그 바람에 눈물이 굴러떨어진 것처럼 보였지만, 노인의 볼은 말라 있었다.

"고맙네."

시게루는 김이 올라오는 녹차를 홀짝였다. 한숨을 내쉬고, 가이에게 말했다.

"덕분에 좋은 꿈을 꾸었어."

소중한 사람과 만날 수 있었던 모양이다. 현실과 꿈의 차이는 모호하다. 사람의 일생은 한단지몽*처럼 허무하다. 지금 이렇게 흘러가는 시간도, 잠시 눈을 붙인 동안의 꿈일지도 모른다. 인간은 현실과 꿈을 구별할 수 없는 존재니까.

녹차를 다 마시자 노인은 자리에서 일어섰다.

"잘 먹었습니다."

집으로 돌아갈 생각일 것이다. 돈을 지불하고, 식당을 나섰다. 그 뒷모습을 보고 가이가 말했다.

"배웅해 드립시다."

"네."

언제 일어났는지, 꼬마가 따라왔다. 함께 시게루를 배

---

* 한단에서 꾼 꿈이라는 뜻으로, 인생의 덧없음을 비유하는 말이다. 노생이라는 사람이 한단의 장터에서 잠시 잠든 동안 꿈 속에서 80년 동안 부귀영화를 누렸으나 깨어보니 밥 짓는 동안에 불과했다는 데서 유래했다.

웅할 생각인 걸까? 가이는 꼬마를 혼내지는 않았지만,
단호하게 못을 박았다.

"식당에서 멀어지면 안 됩니다."

"냐앙."

꼬마의 대답을 듣고, 가이가 밖으로 나가는 문을 열었다.

12월의 공기는 조금 차가웠지만, 구름 하나 없는 맑은
겨울 하늘이 펼쳐져 있다. 노인의 뒷모습은 아직 가까이
에 있었다. 걸으면서 하늘을 보고 있다. 그 시선을 따라
고토코도 하늘을 보았다.

겨울은 여름에 비해서 공기가 맑다. 그래서일까, 낮인
데도 달이 보였다. 아름다운 하얀 달이 떠 있다. 노인은
그것을 보고 있었다.

가이가 그 뒷모습을 향해 말을 걸었다.

"또 오십시오."

시계루는 발을 멈추지도 않고, 그저 팔랑팔랑 손을 흔
들었다. 양로원에 들어갈 거니까, 다시 올 일은 없을 거
라고 말하는 것인지도 모른다.

하지만 노인의 발걸음에 쓸쓸함은 없다. 가족이 기다
리는 집으로 돌아가려는 것처럼 보였다.

살아가는 것은, 잃어버리는 것.

하지만 누군가를 생각하는 마음은 끝까지 남아 있다. 사랑하는 마음은 잃어버리지 않는다. 사라지지 않는다.

왜옹왜옹 괭이갈매기가 울었다.

파도 소리가 들린다.

바닷바람이 분다.

겨울의 햇살이 그림자를 만든다.

귀로에 오른 노인의 뒷모습이 모래 해안 사이로 작아져 갔다.

자신의 그림자를 밟듯이 걸어간다.

둘은 그 뒷모습을 끝까지 배웅했다.

간판을 대신하는 칠판 옆에서, 꼬마가 둥글게 몸을 말았다.

고양이 식당,
사랑 요리

Recipe

비파잼

재료

• 비파
• 설탕 적당량
• 레몬즙 1큰술

만드는 방법

1 비파의 껍질을 벗기고, 씨를 뺀다.

2 먹기 쉬운 크기로 자른다.

3 냄비에 2를 담고, 설탕과 레몬즙을 넣어서 타지 않도록 가열한다.

4 비파와 설탕, 레몬즙이 잘 섞이면 완성.

포인트

사과나 딸기 등 다른 과일로도 만들 수 있습니다. 열을 가하는 시간을 짧게 하면 과일의 식감을 즐길 수 있습니다. 또 설탕 대신 올리고당이나 벌꿀을 사용해도 좋습니다(다만 풍미는 달라집니다).

오라가 덮밥

재료(1인분)

- 생선회(양은 원하는 만큼)
- 계란말이
- 양념(쪽파, 차조기, 참깨, 다진 양하*, 김 가루 등)
- 밥
- 미림, 청주, 간장 각 3큰술

만드는 방법

1 미림과 청주를 냄비에 담고 끓여서 알코올을 증발시킨다.

2 1이 한김 식으면 간장을 넣는다. 생선회 절임장 완성.

3 생선회에 절임장을 골고루 뿌린다. 15분 정도 기다리면 맛이 배어든다.

4 그릇에 밥을 담고 3을 올린 뒤, 계란말이와 각종 양념을 올려 완성한다.

포인트

생선회 절임장의 비율은 1:1:1을 기본으로 해서, 취향에 따라 조절해주세요. 색다르게 된장을 넣어도 맛있습니다.

* 톡 쏘는 향과 쌉싸름한 맛이 나는 향신채의 일종.

김을 넣은 된장국

재료(1인분)

- 가쓰오부시(과립 조미료도 가능) 적당량
- 물 적당량
- 된장 적당량
- 간장 1작은술(취향에 따라 조절)
- 김

만드는 방법

1 냄비에 가쓰오부시와 물을 넣어 끓인다.

2 끓어오르기 직전에 불을 끄고, 된장을 풀어 넣는다.

3 간을 보면서 간장을 넣고, 마지막에 김을 찢어서 넣으면 완성.

포인트

팔팔 끓이면 된장의 풍미가 날아갈 수 있으니 불을 끈 뒤에 넣어 주세요. 간장을 살짝 넣으면 맛이 더욱 풍부해집니다.

유채밥

재료(4인분)

- 유채 반 단
- 쌀 2컵
- 달걀 2개
- 청주, 소금, 간장 적당량
- 참기름 적당량

만드는 방법

1 밥솥에 쌀, 청주, 소금, 물을 넣어서 밥을 짓는다. 취향에 따라 간장을 넣어도 좋다.

2 유채를 살짝 데친다. 색이 선명해지면 냄비에서 꺼내 찬물에 식힌다.

3 2를 먹기 좋은 크기(길이 3cm 정도)로 자른다.

4 프라이팬에 참기름을 두르고 달걀을 풀어 고슬고슬하게 볶는다.

5 완성된 밥에 3과 4를 넣고 가볍게 섞으면 완성.

포인트

달걀을 참기름이 아니라 식용유로 볶으면 향이 부드러워집니다. 또 버터로 볶아서 양식 느낌으로 만들어도 맛있습니다.

고양이 식당,
(사랑)을 요리합니다

초판발행   2025년 4월 20일
1판 2쇄   2025년 5월 1일

지은이
다카하시 유타

옮긴이
윤은혜

기획
조성근, 권진희, 최미진
주상미, 김가원

편집
최미진, 김가원

디자인
권진희, 김지연

표지그림
임듀이(📷 limduey)

마케팅
조성근, 주상미
이승욱, 노원준, 조성민, 이선민

온라인 마케팅
권진희, 주상미

ⓒ다카하시 유타

펴낸이
엄태상

펴낸곳
빈페이지

등록번호
제2022-000159호

등록일자
2022년 11월 30일

주소
서울시 종로구 자하문로 300
시사빌딩

전화
1588-1582

이메일
emptypage01@sisadream.com

ISBN
979-11-93873-07-6   03830